独りぼっちで授かった奇跡

ダニー・コリンズ 作

久保奈緒実 訳

ハーレクイン・ロマンス

東京・ロンドン・トロント・パリ・ニューヨーク・アムステルダム
ハンブルク・ストックホルム・ミラノ・シドニー・マドリッド・ワルシャワ
ブダペスト・リオデジャネイロ・ルクセンブルク・フリブール・ムンバイ

A BABY TO MAKE HER HIS BRIDE

by Dani Collins

Published by Harlequin Japan,
a Division of K.K. HarperCollins Japan, 2024

ダニー・コリンズ

カナダ出身の作家。高校生のころにロマンス小説と出合い、小説家という職業はなんてすばらしいのだろうと思ったという。以来、家族の反対や“普通の”仕事に追われながらも、さまざまなジャンルの執筆に挑戦し、ついに念願叶ってハーレクインからデビューすることになった。まるでロマンス小説さながらの、ハッピーエンドを生きている気分だと語る。

主要登場人物

ヴィエナ・ウェイヴァリー……画廊勤務。
ニール・ブリッグズ……ヴィエナの夫。
ハンター・ウェイヴァリー……ヴィエナの兄。
アメリア・ウェイヴァリー……ハンターの妻。
ジャスパー・リンドール……アメリアの兄。富豪。
サキ・メリーリャ……ジャスパーの友人。故人。
オーリン・コールフィールド……〈レムエックス〉のＣＥＯ。

1

ヴィエナ・ウェイヴァリーは所有しているだけで一度も見たことのない別宅の前に車をとめた。

　ここは兄のハンターが一カ月前、奇妙な方法で買った。〝理由も言わずに、おまえの会社名義で家を買ってもいいか？　犯罪がらみじゃないのは保証する〟

　〝変なことにはならないと思うけど、会社はたたむんじゃなかった？〟二人は継母から資産を守るために、それぞれペーパーカンパニーを持っていた。

　〝そのつもりだが、問題が起こった〟

　〝どんな？〟ヴィエナは兄と仲がよかったけれど、世間一般的な意味では違っていた。二人はお互いを守りながらも隠しごとをしていた。愛する兄のためなら彼女はなんでもするつもりだったものの、今回の頼みは奇妙すぎた。

　〝築五十年の家なんだ〟ハンターが契約を交わすときのようなきびきびした口調で続けた。〝太陽光発電装置と浄水装置を備えていて、一等地にある。現在のオーナーは休暇中に人に貸したりもしていたから、手入れも行き届いている。メンテナンスや管理の心配はない。手数料や税金はすべて僕が負担する。なぜその家が欲しかったかは、何カ月かたったあとで説明するよ。それまでは好きに使ってくれ。だが誰にも言わないでほしい。ニールにもだ〟

　ヴィエナはもうすぐ元夫になる男性とろくに話をしていなかったから、約束するのは簡単だった。

　〝アメリアは知っているの？〟

　〝いずれ話す〟次の言葉まではっきりと間が空いた。〝時機がきたら〟

そのときのハンターは結婚してまだ五、六週間しかたっていなかった。相手の女性が自分の存在やハンターの子供を産んだことを隠していたため、二人の結婚によってヴィエナの親友は結婚式を中止せざるをえないという大スキャンダルに巻きこまれた。

ハンターとアメリアは相変わらず仲むつまじいけれど、兄が新しい花嫁に大きな秘密を作るつもりなら、それは危険な兆候では？

〝今すぐ返事をくれ〟ハンターがせきたてた。

〝言えるのは本当にそれだけ？〟

〝ああ〟

ヴィエナ自身にもまだ話す心の準備ができていないことがあったので、たとえ兄が隠しごとをしているとしても、信じなければという気持ちになった。

〝わかった。いいわ、名義を使って〟

〝恩に着る〟ハンターはほっとしたようだった。

〝これは重要なことなんだ〟

〝そうでしょうね〟

だからこそ、ヴィエナは自分の銀行口座になんの痕跡も残さずここまで来るために、ハンターの秘書を頼らざるをえなかった。会社のクレジットカードで払ったチャーター便二回分の金額、〈ウェイヴ・コム〉名義の携帯電話料金は、いずれすべて返済するつもりだった。

ブリティッシュ・コロンビア州バンクーバー島にあるナナイモに降り立つと、彼女は必要な食料を積んだガソリン満タンのＳＵＶ車に乗りこんで出発した。ハンターの秘書に行き先は伝えなかったけれど、必要なときにわかるようにと新しい電話番号は兄に転送してもらっていた。

窮地に立たされた場合に備えて。

ニールが離婚手続きを開始すればそうなるはずだった。個人で雇っている広報チームにはその時点で離婚は事実だという声明を出すよう指示しておいた。

ヴィエナの人生において、ニールほど卑劣で冷酷な人物はいなかった。彼は円満離婚を求めるヴィエナの要求に傷ついたふりをしたり、子づくりを続けると約束したり、かと思うとウェイヴァリー家に関する情報をメディアに売ると脅したりしていた。

昨年、ハンターは継母のイリーナとの醜い訴訟沙汰に巻きこまれた。自分の問題で兄のストレスを増やしたくなかったヴィエナは、ニールに別居を申し出ると、〈ウェイヴ・コム〉の営業部長を務める彼をカルガリーに残し、トロントのアパートメントに引っ越した。そしてひそかに運転免許証の住所を変更し、郵便物の転送手続きをして新たに銀行口座を開いた。二人が幸せな結婚生活を送っているように見せかけ、ウェイヴァリー家の集まりに招待しつづける限り、ニールは気にしなかった。

しかし、ヴィエナは周囲に別居中だと話していた。おおぜいではないけれど、いざというときのための確かな証人を作っておきたかった。

とはいえニールは被害者を演じて、妻は突然出ていったと言い、和解したいと主張するはずだ。すんなりと離婚に応じるのは、彼にとってあまりにもったいなかった。ハンター・ウェイヴァリーの義弟という立場にはとてつもない価値があった。

離婚が世間の注目を集め、スキャンダルになるのをヴィエナは覚悟していた。そこで最善の対策を講じた――被害を最小限にとどめるために、兄がアメリアと遅いハネムーンに出かけるのを待ったのだ。

現在、ヴィエナはスキャンダルを乗りきるために身を隠そうとしていた。トフィーノはカナダの西端にある海岸線が美しい小さな町だが、夏はもっとも蒸し暑い場所の一つだった。

ニールはこの家の存在を知らない。彼女がどこに行ったかは弁護士だけが知っていた。

もうすぐ私は人生最大の過ちから解放され、好きなことができる自由を手に入れる。

安堵のため息とともに、ヴィエナはＳＵＶ車から降りた。車を長時間運転したあとだったので背筋を伸ばし、杉や松や樅のさわやかな香りを吸いこむ。梢に見え隠れするリスが、今は見えない海岸に打ちよせる波の音をかき消すほど騒いでいる。

荷物を降ろすのは後まわしにして、まずは建物の中を見ることにした。太陽光発電と浄水装置があるのは知っていたので電気と水道は使えると思ったものの、念のためにプロパン式のキャンプ用こんろと水を入れたポリタンクを持ってきていた。

縦長の家はおそらく、当時としては前衛的なデザインだったのだろう。砂利敷きの私道から跳ね橋を模した狭い木の通路の先には、汚れた窓と窓の間に両開きのドアがあった。

少なくとも十年は、あの窓から光が差しこんだことはなさそうだ。まわりに広がる豊かな自然のせいか、家は茨にのみこまれて忘れられた城のような独特の雰囲気をかもし出していた。

どちらかというと、ツリーハウスと言ったほうが近いかもしれない。いずれにせよ、ヴィエナは目の前の家を気に入った。外壁は風雨にさらされて灰色に変色し、屋根は板ぶきなのだろうが苔におおわれていてよくわからない。まるでかけられた呪いを振り払い、新しい人生へ踏み出そうとする王女が住んでいるみたい、と彼女は思った。

書類によると、ドアの暗証番号は工場出荷時の設定に戻されているらしい。しかしゼロを四つ打ちこんでも、ドアは開かなかった。

いらだったヴィエナは別の小さな橋を渡り、車庫の脇のドアまで歩いていった。そこも鍵がかかっていたので、さらに奥へ進んでいった。

広大なウッドデッキは屋外ラウンジとダイニングエリアを兼ねており、バーベキューもできるようになっていた。梢の向こうに広がる海を見て、ヴィエナは足をとめた。これはすごい。兄に感謝だ。

彼女は何度か深呼吸をし、この瞬間を忘れないために記憶に焼きつけた。それから、三枚の大きな窓とスライドドアに目を向けた。

この窓はきれいだ、と気づいて身を震わせた。おまけにウッドデッキは掃除され、ソファには青と黄色のストライプのクッションまである。バーベキュー用こんろは蓋が開いている。

ちょっと待って。あのスライドドアって開いていない？　スクリーンドアは閉まっているけれど、ガラス製のドアは大きく開いている。スクリーンドアを開けて中に入れるのがわかると、どきりとした。

きっと前のオーナーか不動産業者が、無責任にも鍵をかけ忘れたのだ。中は掃除が行き届き、すべてが整然としていた。

鼓動が激しくなるのを感じながら、ヴィエナはこの家が何年もかけてリフォームされているのに気づいた。床は恐ろしく毛がもつれたカーペット敷きでも、黄ばんだリノリウム張りでもなかった。敷かれているのは鮮やかな青と黒のラグだ。ヴィエナはその上を歩き、声をかけた。「誰かいますか？」

これではホラー映画で地下室をめざす、ばかな女みたいだ。しかし頭には、家を間違えたという考えが浮かんでいた。

私は正しい住所にいるのかしら？

「あの……どなたか住んでますか？」

開放的な空間の真ん中には石造りの巨大な煙突があった。右手には白い食器棚と大理石の調理台を備えたキッチンが見える。楕円形（だえんけい）のダイニングテーブルは年代物のオーク材で、居間の調度品は流行遅れながらきちんと修復されていた。

視線がダイニングテーブルの上に置かれた木のボウルに戻った。中の果物は本物だ！　まだ緑色のバナナが二本に、オレンジと真っ赤なリンゴが一個ずつのっている。

居間の奥にある階段の先に目をやると、玄関の近くの窓際にデスクが見えた。その上には閉じたノートパソコンがあり、コーヒーカップが横に置かれていた。

間違いない、誰かがここにいる！

すると食料庫（パントリー）のそばにある階段が、誰かの重みできしみはじめた。

ぞっとして、開いているパントリーのドアを見つめた。ここは私の家だけれど、私はばかじゃない。

ヴィエナは来た道をたどって出ていこうとした。

「誰だ？」背後から愛想のない深みのある声が響き、彼女のうなじの毛が逆立った。

振り返ると、不潔な不法占拠者などではなく、グレーのTシャツにジム用のショートパンツをはいた、健康的で清潔感のある三十代らしき男性がいた。

湖を思わせる青い瞳に、ヴィエナの五感は反応した。男性はひげをきれいに剃っていたので、顎ががっしりしているのがわかった。まなざしは鋭く、脚は樹齢百年のオークの木くらいがっしりしている。

男性はヴィエナを、ほうきで追い払わなければならないリスかなにかのようにじろじろ見ていた。それから濃い眉を上げ、答えを求めた。

長年の癖で、ヴィエナは謝ってからそそくさと立ち去ろうとした。対立してもいいことは一つもないからだけれど、今後は自分のために闘うと決めていた。間違っているのはこちらだと相手が思わせたがっていても、正しいのは私のほうだ。

「あなたこそ誰ですか？」丁寧だが冷ややかな口調だった。「ここは私の家ですが」

「いや、それは違う」男性は妙に自信たっぷりで、彼女は急に不安になった。

「携帯電話に証拠があるわ――」けれど、手に持っていたのはスマートキーのみだった。電話は車に忘れてきたらしい。「ここはベイヴュー・ドライヴ183でしょう。家の郵便受けに書いてあったわ」

男性が眉根を寄せた。

人生で初めて勝利をおさめ、ヴィエナはほっとした。ほらね。私はいつも間違っているわけじゃない。「なぜ私の家にいるのか説明してもらえるかしら」彼女は言った。

彼の目がさらに細くなった。「君はヴィエナなのか?」

ヴィエナの胸が高鳴った。ここには世間から隠れたくて来たのに。

ジャスパー・リンドールが地下室で日課のトレーニングを始めようとしたとき、誰かが玄関ドアの暗証番号を入力する音が聞こえた。ここに来たときに暗証番号は変えていたが、殺し屋なら合法的に侵入したりはしないだろう。警察も違う。

軽やかな足音に耳をすませていると、訪問者は車庫の脇にあるドアの鍵を確認して、奥のウッドデッキに移動した。

誰かに見つかったのか、それとも訪問者は迷子なのか? いずれにせよ、ジャスパーはいらだっていた。今は一つの間違いも許されない計画を進めている最中だった。すべてが終わるまでにはあと一カ月はかかるから、神経質になっていた。

スクリーンドアが開く音と女性の声が聞こえたときは、怒りをこめてため息をついた。女性は存在を隠そうとしていなかったので、階段を上がってパントリーの中に隠れた。

見事なヒップだ。それがジャスパーの女性への第一印象だった。ジーンズが美しいハート形のヒップを包みこんでいる。ノースリーブのトップスからは引きしまった小麦色の腕が伸び、アッシュブロンドのハイライトが入ったブルネットの髪は、背中の真ん中あたりまであった。彼女のすべてが金でしか買えない輝きを放っているようだ。

不動産業者なのか？　放っておいたほうがよさそうだが、最近裏切りにあったジャスパーは疑い深くなっていた。彼女はここにいる間に、なにか仕掛けていないだろうか？「誰だ？」女性に目を据えつつ、パントリーから姿を現す。

振り向いた彼女は美しかった。

ウエーブのかかった髪と完璧な顔立ちを見て、ジャスパーは腹に一発食らった気がした。弧を描く眉の下の、濃い緑色の瞳がこちらを見た。そして華奢な顎が上がった。

「あなたこそ誰ですか？」女性はよそよそしく、尊大な態度だった。もはやスーパーの駐車場にいる貧しい十代の若者でなくなってかなりたつというのに、ジャスパーは相手のようすにいらだちを覚えた。

「ここは私の家ですが」

「いや、それは違う」この家の持ち主なら知っていた。しかし女性が住所を口にしたとき、インターネットで見た画像が脳裏に思い浮かんだ。「君はヴィエナなのか？」

彼女が身を硬くし、警戒した表情になった。

「ハンターが君をよこしたのか？」ジャスパーの思考が妹と赤ん坊に飛んだ。「なにかあったのか？」

「それはこっちの質問だわ」女性が切り返した。顎をいっそう上げ、彼をにらむ。「あなたは誰？　この家には誰もいないはずよ。少なくとも、兄はそう言っていた。あなたがここにいることを兄は知っているの？」

「ああ」ジャスパーは慎重に答えた。やってきたのがハンターの妹だとわかっても安心はできなかった。彼女は本当にこの家に人が住んでいるのに驚いているふうだったし、こちらが誰なのかも知らないようすだったが。

「兄の会社で働いている人？　誰なの？」

「本当に知らないのか？」

「知っていたら尋ねるかしら？」ヴィエナが体の両脇でこぶしを作った。

おもしろい。僕に見せようとしているほど、彼女は自信にあふれているわけではないらしい。

ジャスパーはひげを剃った顎をさすった。ひげを剃りつづけるのは面倒だが、インターネットにある自分の画像とは別人になるので安心できた。

「まず、なぜここにいるのか教えてくれ。誰かと一緒なのか？　それは夫か？」彼女が既婚者なのを思い出して、私道に面した窓のほうに視線をやった。

「それともほかの誰かと来たのかな？」唇をゆがめてつけ加えた。

ヴィエナの顔に憤怒がひらめいた。不実な女扱いされたのが気に入らなかったようだ。それから、急に見知らぬ男性と二人きりなのに気づいてうろたえ、顎を上げたままありえないことを口にした。「夫はすぐ後ろにいるわ。夫がここへ来る前に出ていったほうがいいわよ」

「嘘はやめてほしいな、ヴィエナ」ジャスパーは疲れた顔で言った。「僕は嘘つきが嫌いなんだ」

「私だって、私のことを知らないくせに知ってるふりをする人は嫌い。あなたは誰で、私の家でなにをしているのか教えて」

「君の家……」彼はその言葉が嘘かどうか考えた。

ヴィエナは女性にしてはすらりと背が高く、まぎれもなく女らしい体をしていた。かわいいというより、とてもきれいな女性だ。相手は既婚者にもかかわらず、ジャスパーはそう思わずにいられなかった。

だが外見が美しいからといって、内面も美しいとは限らない。

しかしジャスパーがここにいるとも、彼が誰なのかかもヴィエナは知らなかった。その二つの事実から、彼女が〈レムエックス〉の指示に従っているとは考えられなかった。「僕はアメリアの兄の、ジャスパー・リンドールだ」

ヴィエナははっとしたようだった。まつげを震わせながら、彼の髪の生え際からトレーニングシューズまでを見まわす。

「証拠はあるの？」声も震えていた。「アメリアは、あなたが死んだと言っていた。生きていたなら、彼女に隠しておくはずがないわ」

「僕が生きていることは妹も知っている。父もね。一度だけ会ったんだ」あまりにも短い訪問だったので、感激と悲痛な気持ちを両方味わった。「僕が行方不明になった理由を公にする準備ができていないから、ハンターがここにかくまってくれた」

ヴィエナが顎を引き、眉間にしわを寄せた。話を信じるかどうか決めかねているらしい。

「パスポートは二階にある」ジャスパーはなんとか信用されたくて言った。「取ってこようか？」

「いいえ、あなたはアメリアに似ているからいいわ」ヴィエナがつぶやいて首をかしげた。少しリラックスしたのか、口調が温かくなる。「だから兄はこの家を買ったの？　あなたが生きていて、ここにいたなんて。無事だと知って、家族はすごく安心したでしょうね」

無事とは言えなかった。ジャスパーはろくに眠れず、友人の死を悔やんでいた。しかも今は目の前の女性を必要以上に意識せずにいられなかった。

そのどれも消し去ることもなんとかすることもできなかったが、彼は正しい行動をとろうとした。すべては自分が生きていて、カナダに戻ってきた事実をもう少し隠しておけるかどうかにかかっていた。

「君はなぜここにいるんだ？」ジャスパーは単刀直入に尋ねた。

ヴィエナがまじめな顔になった。傷ついたような目をしたものの、すぐにまつげで隠し、口をすぼめた。「一人になれる時間が欲しかったの」

「それでこの家を選んだのか？　家族がもともと持っていたわけではないここを？」数は知らないが、ウェイヴァリー家ならコンドミニアムやコテージ、山小屋をいくつも所有しているはずだ。

「私が購入した家なんだから、来てもかまわないでしょう」

自分の状況とは関係なさそうだったので、ジャスパーはヴィエナについてあまり情報を集めていなかった。知っていたのは、親の遺産を相続した退屈な女性という程度だった。いつでもいちばん上品で美しい服を着て、資金調達パーティでもなにかの授賞パーティでも兄の結婚式でもあたりさわりのないほほえみを浮かべていた。たしか仕事もしていなければ、子供もいなかったと思う。

「とにかく、ここには僕が住んでいる。そして僕も一人になりたい」ジャスパーは薄く笑みを浮かべた。「だから、誰も僕の居場所を知らないんだ」

「知っていたら来なかったわ」ヴィエナが腕を組み、肩越しに私道にとめたSUV車に目をやった。「でも、ほかに行けそうな場所がないの。誰かが私に気づいたら、〝カモメ〟が群がってくるもの」

「カモメ？」

「パパラッチのことよ」彼女が悔しさと嫌悪感のこもった笑みを浮かべた。「私はウェイヴァリー家の恥になろうとしているの――離婚するから」

ジャスパーは〝パパラッチ〟の言葉しか聞いていなかった。「連中が僕の家へ来るのか？」血圧がいっきに上昇する。「来るんだ」

ヴィエナが顔を上げ、きつい目になった。「あなたの家じゃないわ、私の家よ。それに用心はしたわ。私がここにいることは誰も知らない。あの車も〈ウエイヴ・コム〉名義で借りた。持っているのはプリペイド式の携帯電話だし、私の広報チームとは安全なチャットアプリでやりとりしているわ。自分とハンターとアメリアとペイトンを守るためにできるだけ努力したの。あなたにとって都合が悪いからって、ここを去ってメディアの餌食になるのはお断り。ここは私の家よ。だからここにいるわ」

自分の人生を立て直すための闘いは苦難に満ちていた。ジャスパーはとても威圧的で、腕を組むと肩が山のように盛りあがった。

もし彼が危険人物なら、兄は助けなかったはずよとヴィエナは自分に言い聞かせた。実際、兄からはこの家の購入理由は犯罪がらみではないと断言された。それにジャスパーは正義の裁きから逃れている逃亡犯ではなく、世間から身を隠しているのに見つけられて腹をたてている善良な市民だ。

「私たちは大人だわ」なごやかな口調にしようとしたけれど、声は緊張していた。「親族でもある」

相手はアメリアの兄なので、歓迎の笑みを浮かべた。けれどなぜか彼と目が合うと、鋼鉄と鋼鉄がぶつかり合うように熱い火花が散った気がして、喉がからからになった。

ジャスパーの視線はヴィエナの言葉を拒絶し、表情ははっきりと非難していて、彼女は不安になった。

〝おまえは必要とされていないんだ。どこかに行ってしまえ〟

しかしヴィエナはその言葉に従うことも、逃げ出すことも拒否した。ここは彼女の家だから。

広い部屋を手で示した。「私たちならうまくやれるわ。二人とも存在を秘密にしておきたいんだもの。家は広いし、お互いがじゃまをせずに生活できるはずよ。自分の食料は持ってきたの」

黒い眉が片方上がった。

「ここには一週間しか滞在しないわ」ほとぼりが冷めたら、友人の結婚式に出席するためにドイツへ行くつもりだった。「兄とアメリアが新婚旅行から戻ってくるまでに、少なくとも一度は人前に姿を見せなければならないの。私がトロントへ行けば、パパラッチが兄たちのバンクーバーの自宅に殺到することはなくなるわ。私に考えがあるのよ。悪評をやり過ごすのは慣れているの」

ジャスパーが鼻を鳴らした。

「うるさくする気はないわ！　今、手がけているものを持ってきたの」他人のために作品を選ぶのではなく、ようやく自分の作品に取り組めるのだ。「本気で私をここにいさせてくれないつもりなの？」

「僕に拒否権はないんだろう？」ジャスパーの声には皮肉がにじんでいた。「僕の家は君の家だ」

2

あんなに不機嫌な態度をとられるなんて。

荷物を取りに外に出たヴィエナは、緊張の糸が切れて大きなため息をついた。ここにとどまることにしたのは間違いでは？　ジャスパーの態度は最悪の悪夢だった。継母にあれこれ干渉されながら育った過去を思い出した。

いいえ、ここは私の家よ、と彼女は自らに言い聞かせた。

でも、兄とは話をしたほうがいい。兄は問題だらけの中、結婚して赤ん坊も生まれているから迷惑をかけたくはない。それに、たいていの人は私を厄介者扱いする。

私は大人にならなければ。他人の目を気にするのをやめ、堂々と自分の夢を追いかけるのだ。

ここまで来たのだから、勇気を出したことを無駄にするのはやめよう。

しかし中に戻ってジャスパーの厳しい視線にさらされると、欠点を一つ残らず見抜かれたような錯覚に陥り、ヴィエナは〝客用寝室の一つを使わせて〟と言うのが精いっぱいだった。それでもスーツケースを持って階段をのぼるときはうつむくまいとした。

彼女は浴室つきの客用寝室に入り、スーツケースを置いた。家を少し探検すると読書ができそうな場所や、青と黄色で統一されたすてきな主寝室があった。キングサイズの木製のベッドが存在を主張する部屋にはガラスドアから光が差しこみ、バルコニーからは海がどこまでも見渡せた。

ナイトテーブルの上にはしおりを挟んだスパイ小説が置かれ、椅子の背もたれにはフランネルのシャツがかけられていたが、部屋は誰も使っていないように見えた。

アメリアによると、ジャスパーはとても人間味のある人という話だった。義姉はいつも行方不明になった兄のことで悩んでいたけれど、考えてみれば最近は明るさを取り戻していた。それはハンターとうまくいっているのと、新婚旅行へ出かけるからだと思っていた。でも本当は兄の生存を知って、ほっとしていたからだったのかもしれない。

アメリアを思うとジャスパーが生きていたのはうれしかったものの、彼は義姉が話していたほど愛情深い人ではなさそうだ。さっきは憤慨し、不機嫌そうで、かたくなな姿勢を崩さなかった。

たぶん、あちらもあなたをそう思っているわよ。

黙って。長年セラピーを受けているヴィエナは、自虐的な考え方が思い浮かぶたびにこの言葉で自分をいましめていた。

ドア用のチャイムが鳴る音がした。彼女がジャスパーを避けてぐずぐずしている間に、彼は外に出て戻ってきたらしい。

ヴィエナは、ジャスパーが車から食料のほとんどを運んできたのに気づいた。「一人分の量とは思えないな」彼が肉と乳製品がたっぷり入った保冷ボックスを下ろした。

「料理は好きだし、作る時間があると思ったの」

ジャスパーと一緒に暮らすという現実に、ヴィエナの胃は引きつっていた。男性をこれほど意識した記憶はなかった。彼女は人知れず夫との軋轢（あつれき）に苦しんでいた。女だからという理由で自分を不安にさせる男性たちに耐えていた。

とはいえ、ジャスパーに対して肉体的な危険は感じなかった。では感情的な危険は？　彼の愛想のなさは、ヴィエナの古い心の傷を刺激した。お互いの兄と妹が結婚しているのだから仲よくしなければと思うと、これまでの言動は間違っている気がした。

波風を立ててはだめよ、ヴィエナ。

どんな犠牲を払っても、彼女はみんなを心地よくさせてきた。水のポリタンクを運んできたジャスパーを見て、いつもの習慣を守ろうとした。「今夜は魚料理を作ろうと思っていたの」

彼がポリタンクを部屋の隅に置いた。ヴィエナへの視線は肉食動物が獲物を見ているかのように用心深かった。

「互いにじゃまをせず暮らすんだと思っていたよ」ジャスパーがフェアトレードのコーヒー豆の袋を戸棚にしまった。

「私たちは――」もう一度〝親族〟という言葉を使う勇気はなかった。「きょうだいの結婚によってつながりができたわ。だからよく知り合ったほうがいいと思うの」そうすれば、炭火の上を歩いているような気分にならずにすむかもしれない。

「君がどういう人かなら知っている、ヴィエナ」彼がぴしゃりと言った。

「本当？　どうして？」レーザー光線にも等しい鋭い視線を向けられて、ヴィエナは落ち着きを失った。私はジャスパーについてなにも知らないのに、どうして彼は私を知っているの？　ずっと前から自分でも自分がわからないのに。「ネットの中傷で知っているってこと？」嘘ばかりの情報を思い出して、たちまち気分が悪くなる。「じゃあ、私もあなたの妹が言ってたことは忘れて、記事の内容を信じることにするわ」

本当はあまり読んでいなかった。ジャスパーは仕事から逃げたり、人を殺したりしていないとアメリアは話していたが、世間は彼が罪を犯したとみなしていた。ヴィエナもそう考えるべきだったのかもしれない。なぜなら、警告がちらつくジャスパーのまなざしは途方もなく恐ろしげだったからだ。

「一本取られたな」しかし、彼が言ったのはそれだけだった。

自分の言葉を認められたからといって、ヴィエナの不快な緊張がやわらぐことはなかった。彼に認められるかどうかなど気にしていなかった。まったく。そうでなくては。

彼女は冷蔵庫に食料をしまう作業に戻った。

「これはキャンディの箱じゃないな」ジャスパーが持っていたのは真新しいパステル絵の具の箱だった。

「君は画家なのか？」

画家と思えるようになったのは、自分を過小評価してしまう心理傾向を克服したあとからだった。それでも彼が持ち物に触れていると、全身がばらばらになりそうだった。まっすぐに見つめられるだけで痛みさえ覚えていた。

「いいえ、彫刻家なの」ヴィエナは苦しい中で冗談を言った。彼から絵の具を取りあげると、スケッチブックや色鉛筆も持ってダイニングテーブルの端へ移動した。「ハンマーや鑿(のみ)の音は気にしないで」

「ヘビーメタルを聴いている間は平気だ」眉を上げたジャスパーの顔は〝冗談につき合うぞ〟と訴えていた。「君の車を車庫に入れてくる」ヴィエナのスマートキーを手にすると、車庫に通じるドアから出ていった。

彼が戻ってきたとき、ヴィエナは食料を冷蔵庫へ入れおえたところだった。「ビーチに行く道はあるのかしら？　少し歩きたいんだけど」

そして、このとてつもない緊張から逃れたい。

「案内するよ。草が生い茂っているから、君は道に迷うかもしれない」

最高だわ。ヴィエナは思った。

八月だったので地面は乾き、気温は高かったが、かなりの樹齢だと思われる木の下にいると涼しかった。ジャスパーは毎日この道を歩いていた。道はわかりやすかったものの、都会から来たヴィエナはシダの間に迷いこんで戻れなくなるかもしれない。義妹が迷子になるのは勘弁してほしかった。

なぜ義妹という言葉がこんなに気になるのか？

僕たちはきょうだいが結婚して親族になった。それは事実であり、いつか僕は以前の生活を取り戻す。そうすれば妹夫婦と赤ん坊を訪ねたとき、ヴィエナや彼女の夫とも――。

いや、ヴィエナは離婚しようとしている。だからここにいるのだ。離婚が発表されるまで身を隠すために。ゴシップサイトは有名人の破局が大好きだが、彼女はアメリカのポップスターほど有名ではない。僕が読んだ記事では――。

彼女について書かれた文章を信じる気か？　自分もでたらめな報道をされたジャスパーは、その点ではヴィエナに同情していた。「あいつはなんて言ってたんだ?」肩越しに尋ねた。

「誰のことをきいてるの?」ヴィエナの声は思ったよりずっと後ろから聞こえた。

人生の半分を自然の中で過ごしてきたので、枝をよけたり木の根を越えたりするのはジャスパーにとって平らな道を歩くのと同じくらい簡単だった。彼は立ちどまり、ヴィエナが若木にしがみつきながら短い段差を慎重に下ってくるのを見守った。水を飲んでほっとした表情を浮かべた彼女は、いっそう魅力的だった。

「妹だ」ジャスパーは答えた。「妹が僕について言ったことは忘れて、記事を信じると言っただろう」

「ああ。記事は全部間違いだとか、お母さんが亡くなったとき、あなたがアメリアの面倒を見て車の運転も教えたとか、そういうことよ。それにもし彼女の妊娠がわかったときにあなたがいたら、私の兄を殺していたはずとも言ってた」ヴィエナが乾いた笑い声をあげた。だが、顔には苦悩がちらついていた。

「ハンターの結婚式に乗りこんだとき、父はそのつもりだったらしい」自分がアメリアを守れず、家族にはかり知れない苦痛を与えてしまったせいで、ジャスパーは強い罪悪感を抱いていた。

「あなたたちのお父さんはかなり怒っていたわね」ヴィエナが妙に切ない笑みを浮かべた。「でも、家族の仲がよくてすてきだわ。うらやましい」

「ハンターとは仲がよくないのかい?」

「あなたたちほどはね。私たちの育った環境は、あなたたちとはまったく違っていたから」

「へえ」ジャスパーはヴィエナの第一印象のほうを信じそうになった。その言葉に共感できるのは、同じくらい資産のある人間でないと無理だ。

「財産のあるなしを言ってるんじゃないの」彼女が強い口調になった。「父は二度結婚したの。兄は家業を継いだけど、クリーニング店を継ぐのとはわけが違った。兄はそのせいで忙しかったから、私たちはまったく違う場所で成長したのよ」

「君は〈ウェイヴ・コム〉で働いていないのか？」カナダでも有名なＩＴ企業だから、ヴィエナを受け入れるくらいできたはずだ。

「ええ。でも夫の……ニールは働いているわ。営業部の部長として」

〝元〟夫だ。ジャスパーは心の中で訂正した。「アメリアが誰と結婚したか知ったときは信じられなかったよ」そう言ってふたたび歩きはじめた。かつてチリの人里離れた村で暮らしていたとき、見知らぬ男が彼をさがしに来たのだった。〝妹さんのご主人の指示を受けた者です〟男はスペイン語で言った。なんだって？　当時のジャスパーは動揺するあまり、すぐに彼を追い払った。

だが翌日、男はまたやってきてアメリアが幼いころの話をした。妹が信頼できる人以外にはしないその話を聞いて、ジャスパーは相手が真実を語っていると判断した。チリでは一年間調査したにもかかわらず、ほとんど進展はなかった。家族には会えず、〈レムエックス〉によって評判や自尊心まで奪われ、そのころはとてつもない喪失感を覚えていた。

見知らぬ男を信用するのは賭だったが、父と妹はすでにジャスパーは死んだものと思っているはずだった。プライベートジェットでトロントへ戻る間、彼は妹の夫について調べた。

「ハンターは一度、別の女性と結婚しようとしていた。妹にはふさわしくないと思ったよ」再会したとき、アメリアは幸せそうだったが。

「ペイトンの誕生を知っていたら、兄は結婚しようとしなかったわ」ヴィエナがジャスパーの後ろから反論した。「エデンもあれから別の人と結婚したの。全員がおさまるところにおさまったのよ」

「たしかにそうだな。僕もカナダに戻れた。それでも、妹は僕のために彼と結婚したんじゃないかと心配になるんだ」

ジャスパーもできることはやった。自分の問題は自分で解決した。人が彼に解決策を求めても、彼自身は人に頼らない男だった。だからハンターが妹に救いの手を差し伸べた事実が腹立たしく、妹はなにを犠牲にしたのかと考えずにいられなかった。

「二人が結婚したのはペイトンのためよ」ヴィエナが言った。「最初は驚いていたけど、アメリアとペイトンといるときの兄はすごくやさしい顔をしているわ。兄がどんな父親になると思っていたのかはわからないけど。父は……」

ジャスパーはまた立ちどまった。彼女は言葉をさがしている。「なんだ?」

ヴィエナが肩をすくめた。「兄はいつも私を支えてくれ、心配してくれていた。とても心が広くて愛情深い人なの」やわらかな表情を浮かべた顔を輝かせる。「まあ!」

彼女がジャスパーの横を通り過ぎ、木々の先にある砂浜へ駆けていった。

「苦労してあなたについていく価値はないんじゃないかと思っていたけど、なんて美しいの!」

ヴィエナが手でひさしを作りながら、南に向かって伸びる入り江を見渡した。前方には木が三本だけ生えた小さな島がある。潮が引いていても、あそこまで歩いていくのは無理だろう。空は鮮やかな青で、太陽は海と寄せては返す波しぶきを照らしていた。御影石（みかげいし）のような灰色をした砂の上には、ところどころ昆布が打ちあげられていた。

風がヴィエナの髪をなびかせ、服に体の線を浮かびあがらせた。彼女みたいな女性は白い砂が広がるビーチを好むと思ったのに、魅了されているらしい。一匹狼（おおかみ）のジャスパーは、この小さな楽園の存在を誰にも教えていなかった。ここの美しさをヴィエナが理解していることがうれしかった。

ちらりと振り返った彼女が、ジャスパーに見つめられているのに気づいた。次の瞬間、屈託のない喜びが不安に変わった。

ジャスパーは目をそらして自分を叱りつけた。ヴィエナはだめだ。理由なら山ほどある。

「あの岩礁のそばにホテルがある。こっちだ」彼は風と波にさらされた大量の流木をよけながら歩き出した。

人けのない砂浜を進む二人の間に会話はなく、空気は張りつめていた。神経質になっているのは風で顔に髪がぶつかるせいよ、とヴィエナは自分に言い訳した。それでも感性は目の前の自然に刺激を受けていたから、靴を脱いで砂のぬくもりを素足に感じたかった。太陽の光に照らされたジャスパーの体や顔も観察したかった。

そうしたいのは砂浜にたどり着いたあと、彼に見つめられていると気づいたからじゃない。

たいていの人がヴィエナのうわべしか知らないのは、彼女が相手の期待に応える努力をするせいだ。完璧なマナーも、おしゃれな服も、完璧な化粧も、入念に整えた髪も、自身の本当の考えや感情を人から隠すためだった。ヴィエナは〈ウェイヴ・コム〉の株主であり、ニール・ブリッグズの妻であり、ハンター・ウェイヴァリーの妹であり、ペイトンの叔母だった。けれど、そういう立場を強いられるのはいやだった。それ以上にいやなのが、ありのままの自分でいることだった。

しかし誰もいない荒涼とした砂浜の景色に、ヴィエナは心をつかまれていた。その瞬間だけはありのままの自分でいられていた。年月がたった漂流物を見ていると、生きている実感がわきあがった。

そして、ジャスパーにそんな無防備な姿を観察されていたことに気づいた。

　彼はそれをどう利用するつもり？　どうやって私を傷つけ、萎縮させるの？

「ホテルへ行くのはまたにしましょうよ」目の前の砂浜に川ができていて先に進めなくなったとき、ヴィエナはそう言い、二人は引き返した。

　隣を大きく力強い歩幅で歩くジャスパーを、彼女はひそかに見つめた。絶えず動いている彼の視線は岩にぶつかって砕ける波しぶきの美しさも、上昇気流に乗って雄大に舞いあがる鷲の姿もとらえてはいなかった。その目は油断なくあたりを監視していて、緊張が増した。

「ここに来てどれくらいになるの？」

「一カ月だ」

　その前、ジャスパーは一年間、行方不明だった。もし妊娠していなかったら、アメリアは兄をさがしにチリに行っていたはずだ。ジャスパーの雇い主が、彼は死んだと言いながら生命保険の支払いを拒んだことに、アメリアは疑いを抱いていた。

「あなたは姿を隠すことで家族を守っているのね」

　ジャスパーの視線がヴィエナにそそがれた。「それも一つの理由だ」

「私も危険なの？」彼女は胸に手をあてた。

「僕たちがここにいると誰も知らなければ、危険じゃない」

「知っているのは私の弁護士だけよ」ヴィエナは誓うように手を上げた。「兄も私がなにをしているのかは知らない。知っていたら、行くなと教えてくれたはずだわ」

「君が離婚することも知らないのか？　どうしてだ？」

　その話題になるのを、ヴィエナは恐れていた。

「古くさいと言われるかもしれないけど、夫が最初に知るべきと思ったの。彼が離婚申請の書類を受け取ったら、兄に話すわ」

「君の夫なのに知らないのか？　それは冷たすぎないかな？」

ヴィエナは足をとめた。「私の人生についてなにも知らないくせに」その声は永久凍土並みに冷たかった。心も凍りついたようだったけれど、人として基本的なぬくもりに欠けているのはニールのほうだった。だから彼女は結婚からも、彼と夫婦でいたら訪れるだろう暗い未来からも立ち去ろうとしていた。

ジャスパーがヴィエナの二歩先で立ちどまった。

怒りのあまりこみあげた涙を、彼女はこらえた。しかし夫から愛されないのは自分のせいかもしれないという深く恐ろしい疑いは消えず、息が苦しくなった。

「そうだな」ジャスパーの顔は引きつっていた。「僕が言いすぎた。君が離婚したい理由も、どうしてそういう結論に至ったのかも、僕には関係ない」

ヴィエナは口をあんぐりと開けた。今にも泣きそうだったのは、結婚している間、夫から非を認める言葉を聞いたことが一度もなかったからだ。ニールはいつも〝くだらないぞ、ヴィエナ。僕の気持ちがなんだって？〟と言うばかりだった。

動揺を抑えつけ、彼女はうつむいたまま無言でジャスパーの前を通り過ぎた。

ああ、しまった。僕はへまをしたらしい。

女性が男よりも傷つきやすく、弱い存在なのはわかっていた。ヴィエナのような、男が見せびらかすために結婚したがる女性たち、容姿を利用して地位の高い男と結婚したがる女性たちでさえ、体は男より小さい。それにもの同然に扱われ、性的な視線にもさらされる。

どうやら、ヴィエナの結婚生活は不幸だったようだ。それなら彼女がどのように、あるいはなぜ離婚する気になったのか、僕にとやかく言う権利はない。

　それに、ジャスパーはヴィエナと距離を置こうとしていた。彼女を強欲で男を操ろうとする女性だと思っておけば、あの優美でしなやかな体の動きには見とれずにすむ。

　二人は大量に流れ着いた流木のところまで戻っていた。ヴィエナがその一本の上にのり、バランスを取りながら次の一本、一本へ移っていく。こちらを振り返ることは一度もなかった。

　あとを追う彼はもの思いにふけりながらも、ヴィエナが方角を間違えないか目を向けていた。

　道まであと少しというところで、彼女が風と波でなめらかになった別の流木に飛び乗った。しかし足を踏みはずして、とがった枝の上に倒れこみかけた。

　ジャスパーは思わずさっとヴィエナを抱きとめて、彼女が体勢を整えられるようにした。

　ヴィエナを抱きしめていたのはほんの数秒――五秒にも満たない時間だった。しかし彼女のほっそりした背中と、下腹部に押しつけられた形のいいすてきなヒップの感触は、ジャスパーの頭にしっかり焼きつけられていた。

　ヴィエナからの反応はせいぜい、しぶしぶながらの感謝の言葉程度だと思っていたのに、ジャスパーが離れたあと、振り返った彼女の表情は純粋な驚きに満ちていた。そのまなざしがまるで初めて彼を見るかのように、服の下にある肌に触れられたかのように上下する。彼女も彼に触れたいというように。

　そこには本能的な欲望も浮かんでいて、ヴィエナと目を合わせたジャスパーは腹部に一発食らったに等しい衝撃に襲われた。

　女性に好みだと思われているのがわかるだけの経験が、ジャスパーにはあった。だから、そうならないようじゅうぶん配慮していた。しかし、ヴィエナはどこもかしこも魅力的だった。下ろしてある髪は太陽の光できらきらと輝き、やわらかそうな唇はなにもぬっていなくてもつややかで誘惑的だった。キスがしたくなる唇だった。

やめろ。だが、ジャスパーはヴィエナの唇を味わいたかった。あの曲線美を手でなぞりたかった。彼女の中にある形のないなにかに手招きされ、引きよせられていた。

離婚するのならこれは不倫ではない、と心の中で悪魔がささやいた。

そうだ。二人の間に障害はない。

理論的には、と彼は頭の中で訂正した。ヴィエナが恥ずかしさから顔を赤らめ、ぱっと砂の上に飛びおりて家へ駆け出した。

そのほうがいい。ジャスパーは思った。彼女と関係を持つなど、とんでもない考えだから。

3

ヴィエナはいつも絵を描くことを逃げ場にしてきた。母親との思い出も葬儀に出たくらいしかない。その日、叔母は彼女にぬり絵とクレヨンを手渡した。

家族や弔問客が形式的なお悔やみの言葉を述べ、重く沈痛な口調で周囲と話す中、ヴィエナはヴァイブラント・ヴァイオレット色とダスティ・デニム色の上にサンセット・オレンジ色やアクアマリン色をぬり重ねた。ハンターは、まだ字の読めない妹がクレヨンを見て色の名前がわかるようになるまで、辛抱強く繰り返し教えてくれた。

心に波風が立つたび、ヴィエナは色や図柄の力に頼ってきた。エレクトリック・レモン色やファーン・グリーン、なだらかな線やバランスのいい配置に。それは人生が制御不能に陥ったときに心を落ち着けるための努力だった。困難で厄介なものからいいものを――美を見つけ出す作業だった。

これまでの経験を考えれば、今ごろは何度も個展を開いたことのある注目の画家になっていてもおかしくなかった。けれど悲しいことに父親に無視されたり、継母にしいたげられたり、夫に失望したりするたび、すべてを放り出してスケッチブックを手にしたわけではなかった。それよりもよりよい自分になろうと苦心した。そうすれば、みんなから傷つけられることはないと自らに言い聞かせていた。

だから、もっときれいになるために化粧の技術を磨いた。高価な服に合わせてハンドバッグやオーダーメイドのジュエリーを替えることも学んだ。部屋に花を飾り、完璧なパーティを開いては継母が落とした評判の回復に努めた。実際はかけ離れていても、自分の生活は雑誌で取りあげられているように非の打ちどころがないと人々に思わせた。

それでも、砂浜であったことはどうごまかせばいいのかわからなかった。

あのときは足がすべった。ジャスパーに不愉快な思いをさせられていたせいで、注意を怠っていた。けれど彼にかかえられて肌はざわめき、相手の指紋を感じるほど敏感になった。まるで風が枯れ葉の山を吹き飛ばすような衝撃が、全身を駆け抜けていた。

そして決して強くなかった欲望が、結婚生活の間は昏睡状態だった欲望が目覚めた。水中からやっと顔を出したみたいにヴィエナは大きく息を吸い、ジャスパーを意識して体が熱くなるのを感じた。

彼は抱きとめたヴィエナをゆっくりと下ろし、彼女がちゃんと立っているか確認した。

ヴィエナは自分が立てているとは思えなかった。

頭は大混乱していた。

独身に戻るから、男性の広い胸を画家らしく客観的に見られなかったのかしら？　私は彼を魅力的だと、欲しいと思っていた。

　そんな感情を抱いたことはなかった。ジャスパーがすぐそばにいるせいで、ヴィエナは彼の胸の上で手を広げたくなった。

　官能が刺激される感覚はとても新鮮で、まるで魔法のようだった。説明を求めてジャスパーを見あげたとき、彼女は彼の青い瞳の中のとけた銀を思わせる輝きに魅了された。

　心臓が引っくり返りそうになった。二人の間の空気には火花が散り、周囲の色がより鮮やかに、波の音がより豊かになった気がする。彼の視線が唇にそそがれると、蜂に刺されたかのような鋭い衝撃が全身に走った。

　これが欲望なのだと、ヴィエナはぼうっとした頭で悟った。皮肉なことに、そういうものを今まで一度も感じた記憶はなかった。映画や本は誇張して表現していると決めつけていたけれど、この熱の洪水と五感の混乱はそのとおりだった。脚に力が入らず、喉が締めつけられ、体に情熱の炎が広がった。

　その数秒間に、彼女はありとあらゆるものを欲した――ジャスパーの唇や、彼に触れられることを。彼に触れ返す権利や、のぼりつめたときの声を聞くことや、一つになった感触を味わうことを。ジャスパーの重みを感じながら、体のいちばん深いところで彼を受けとめたかった。

　ジャスパーの口角が上がると、ヴィエナの下腹部に白熱した興奮が槍のように突き刺さった。

　パニックで息ができなくなった。この人は私の欲望に気づいている。絶対に！

　彼女は背を向け、急いで家に戻ったものの、そこにも逃げ場はなかった。カリビアン・ブルーやプレーリー・イエローやアークティック・ホワイトの中に隠れようとしても、彼には見つかる気がした。

キッチンの外にあるウッドデッキに行ったヴィエナは、色鉛筆を手に新しいスケッチブックに集中しようとした。ジャスパーが地下室へ向かう音を聞いたときは死にたくなった。恋とは十三歳の女の子のためにあるものであって、人生の主導権をやっと取り返した女のためにあるものじゃない。

けれど彼がすぐに一階へ上がってくる気配はなく、ヴィエナは地下室で見たトレーニング器具を思い出した。ここへ来たとき、彼女は日課の運動のじゃまをしたようだった。相手が地下室から動かないとわかり、ほっとしてスケッチブックに向き合った。

この家にいる間に、ハンターとアメリアのためにペイトンの肖像画を描くと決めていた。とりあえず、デジタルフォトフレームに入れておいたさまざまな写真を呼び出してはスケッチしていった。

ヴィエナはたちまちその作業に没頭し、さまざまな筆圧や線の太さを試した。しかし二階からシャワーの音が聞こえてきて、集中力がとぎれた。

彼は今、裸なのかしら？

考えてはいけない。

けれど彼女は考えていた。目を閉じて頭を空っぽにしようとしても、湯がジャスパーの胸毛から腹部、腿へと伝っていく鮮明な光景を想像せずにはいられなかった。

やめなさい。

なのに砂浜での自分の態度を思い返すと、恥ずかしさのあまり両手で頭をかかえ、うめき声をあげたくなった。ジャスパーにひどく誤解されているとわかったときは、最悪の気分だった。しかもそのあと転びそうになって、すっかりうろたえてしまった。なんてぶざまな姿だったか！

もっと悪いのは、その目覚めてしまった愚かな感情が消えないことだ。まるで彫ったばかりのタトゥーのように熱をおびていて、存在を否定できない。二度と隠すことはできないとさえ思った。

シャワーの音がとまった。

気をまぎらせるものを見つけようと、ヴィエナは必死にデジタルフォトフレームの写真を替えた。そして近所で飼われていたコッカースパニエルの写真を見つけた。無理やり集中し、不思議そうに首をかしげる長い毛におおわれた愛らしい姿を描写する。

キャラメル色をした細かな巻き毛を紙の上に再現するのはとてもむずかしく、いつの間にか自分がどこにいるのかも忘れていた。ウッドデッキのドアが開いたとき、彼女は驚いて息をのみ、座ったまま背筋を伸ばした。

「夕食にしよう」ジャスパーが言った。「ワインでもどうだい？」

「料理を作ってくれたの？」言われたことも、彼の表情のない顔も理解できなかった。あの目は私をあざわらい、はずかしめているのかしら？

「君が生魚が好きだったならすまないが、僕にスシは握れないんだ。僕が君だったら、そんな危険なまねをさせようとは思わないね」

「生魚は好きじゃないの……。それと、ワインはいただくわ。ありがとう」

あっけに取られていたヴィエナが考えを整理する前に、ジャスパーがゴブレットに金色のワインを注いで戻ってきた。彼はグラスをテーブルの上に置くと、バーベキューを始めるために背を向けた。

「手伝いましょうか？」彼女は声をかけた。

「いや、いいよ。君は忙しそうだから」

たいしたことはしていないと否定する前に、ヴィエナはスケッチブックに目をやった。あなたにとって重要なら重要なんですよ――セラピストにはそう言われた。

しかしジャスパーの無駄のない動きのほうが気に

なって、もはやスケッチをしたいとは思わなかった。

「ここではなにをしているの？」ジャスパーが魚を網の上に置いたとき、ヴィエナは尋ねた。「批判しているわけじゃないの。ノートパソコンがあったから、リモートワークをしているとか？」

「それは君が仕事をどう定義しているかによる」彼がバーベキューこんろに蓋をし、ビールのボトルのキャップをひねった。「身の潔白を証明し、もとの生活に戻れるように動いているんだ。証拠をまとめたり、ある目的を果たすための準備をしたりして。それとある人物が外国から帰ってきて、逮捕され、責任を問われるのを待っているところだ」

「その人物って誰？」

「オーリン・コールフィールド、〈レムエックス〉の最高経営責任者（CEO）だ。僕がチリから戻ってきて彼の罪を暴こうとしていると知ったら、オーリンは誰にも手が出せないところに引っこんだままだろう」

「彼はなにをしたの？」つらい話になるのはわかっていたため、アメリアにジャスパーのことはあまりきかないようにしていた。

彼がビールをひと口飲み、険しい表情で木々を見つめた。沈黙が長く続いたので、答えてくれるつもりはないのだとヴィエナは判断し、スケッチブックに目をやった。

「オーリンはまず僕に架空の仕事を依頼した。そして僕の通訳を殺害し、その罪を僕になすりつけようとしたんだ」

「チリでってこと？　なんてひどい。通訳の人は――」男性だったの？　それとも女性？　通訳の性別がそんなに重要？　その人が恋人だったにせよ友人だったにせよ、ジャスパーにとってはとてもつらい出来事だったはずだ。「悲劇としか言いようがないわね」

ジャスパーは悲痛な表情をしていた。「通訳のサキはマプチェ族との仕事を手伝ってくれていたんだ。そして、僕は〈レムエックス〉が大規模な環境破壊を行っていることを知った。かかわっていた新しいプロジェクトに関して当初聞かされていた話とは違っていたので、自分の目で谷を確かめに行った。それを会社は僕が仕事を投げ出したと言っているんだが、僕は会社を破滅の危機から救いたかっただけだ。しかし間違いをただすための提案書を送っても、会社は〝間違いなどない〟の一点張りだった」

「会社の腐敗はそこまで進んでいたということ?」

「そのとおり。サキが死んだ土砂崩れは人為的に引き起こされたものだ。殺害が目的ではなく、証拠を隠滅したかったのだと信じたいが、どちらにしてもサキは命を落とした」

ヴィエナは立ちあがってジャスパーを抱きしめたかった。彼からは強い痛みが伝わってくる。しかしジャスパーのまわりには見えない壁があって、はっきりと彼女は拒まれていた。

「あの日、僕はサキと一緒にいるはずだったが、写真と現場で見たものの報告書をメールするために町へ出かけ、彼は残ってさらにいろいろ調べていた。現場は町から何キロも離れていたのに、ダイナマイトが山の半分を吹き飛ばす音は聞こえたよ。警察車両や救急車で道はふさがれていて進めなかった。僕はサキがいないかと彼の家族のところに行ったよ」

でもサキはいなかったのだ。ヴィエナは彼の死を心から悼んだ。とても残念だった。

「すると彼の家族のもとに〈レムエックス〉から電話があって、サキが土砂崩れに巻きこまれたのは僕の責任だと言った。だから過失致死により逮捕されると。連中は僕がそばで聞いていると知らなかったんだ」

「あなたの責任じゃないのに!」彼女は叫んだ。

「ああ。僕は問題から逃げる気はなかった。だが、逮捕される危険は冒せない。刑務所では汚名を晴らせないからだ」

「それであなたも命を落としたことにしたの？」

「必然的にね。最初の数日は逮捕を避けて身を隠し、サキの姉に情報を渡した。彼女はそれを新聞社に持ちこんだが、〈レムエックス〉がデマだと言ってもみ消してしまった。死んだはずの僕にできるわけがないと。うまいと思ったよ。国境を越えたり飛行機に乗ったりする場合を考えて、会社は僕のビザを取り消し、パスポートが使用された形跡がないか見張っていた。父と妹には申し訳なかったが、連中がサキを殺したことを考えれば、僕が死んでいたことにしたほうが安全だと思った。当時はその状態が一年も続くとは思わなかったんだ」

ヴィエナもさまざまな中傷をされてきたが、犯罪者にされたことはなかった。そういう立場にされてどう思えばいいかは想像もつかなかった。「あなたはなにをしたの？　どこに行ったの？」

「サキの家族は僕と同じく正義が行われるよう望んでいた。僕は彼の親戚の家にかくまわれ、そこの農場を手伝いながら警察に捜査を依頼するつもりだったが、〈レムエックス〉は僕の中傷記事をメディアに書かせ、僕がチリに向かう前からの環境破壊の責任さえなすりつけた！　しかも死んだことにされたせいで銀行口座も凍結された。僕はサキの家族も父も妹も危険にさらしたくなかった。連中はあなどれない。サキの死が事故だったとしても、自分たちがしたことが明るみに出るのは避けたいはずだ。だが、僕は必ず真実を白日のもとにさらしてみせる」

「でも、やっとオーリンなんとかという人を逮捕させられるんでしょう？　どうやるの？」

「計画のその部分は秘密だ」ジャスパーが顔をしかめた。「悪く思わないでくれ、ヴィエナ。だが僕を罠にはめた黒幕を捕まえる、たった一度のチャンスを君にだいなしにされたくないんだ」

「気にしてないわ」ヴィエナは嘘（うそ）をつき、絵のコッカースパニエルの首輪に視線を落とした。

ジャスパーは午前二時に目を覚ました。体は興奮していた。

近くに女性がいるせいで独身の自分がこういう状態になるのは自然な反応なので、気にはしなかった。ヴィエナが誘惑するようなまねをしたとは思わなかった。夕食の間、二人はチリの気候や、夢中になって見たドラマの最新シーズンについてたわいない話をした。

サキのことを話した以上、ヴィエナとは距離を置くつもりだった。彼女から真摯に同情されて怒りと悲しみが解き放たれ、心を見透かされている気がしてならなかった。だから夕食後はイヤホンをつけ、匿名で購入した〈レムエックス〉の株価をチェックすることでヴィエナとはかかわるまいとした。

彼女も同じ気持ちだったらしく、すぐに二階の部屋へ引きあげた。

ヴィエナと顔を合わせていないからといって、彼女を意識していないことにはならなかった。ベッドに入ってからも、ジャスパーはヴィエナのことを考えた。サキとの会話を思い出したり、過去を書き換えようとしたりするよりはよかったが、高ぶった体で落ち着きなく寝返りを打つはめになった。

眠りにつくとヴィエナは夢にまで現れて、逃げるどころか彼の腕の中に入ってきた。

あの女性はいったいなんなんだ？　女性からは長らく遠ざかっていた。何週間も一人で暮らしていても寂しくはなかった。家族の結束は固いとはいえ、群れるのは好きではない。むしろ根っからの一匹狼（おおかみ）タイプだと思っている。

とはいえ、女性とつき合わなかったわけではない。

ただ仕事のせいで長続きはしなかった。結婚を選ぶ人のほとんどは相手と一緒に過ごしたいのであって、一人で暮らしながら相手の帰りを待つことを望んではいないものだ。

ジャスパーはまだ誰かと一緒に過ごす日々に慣れていなかった。サキとは久しぶりにいい友情が築けたが、それはただの偶然だった。サキは人と仲よくなっては冗談を言い、家に連れて帰って家族とともに食事をするのが好きだった。

サキは若く、野心的で、ジャスパーからいろいろ学びたがった。ジャスパーもサキに自身を重ね合わせていたから、亡くなったあとは彼を雇った自分を許せなかった。僕がうっかり調査に引きずりこんだせいで、サキは命を落としてしまった。危険に気づかず、あの日サキを町へ連れていかなかった罪悪感はとてつもなかった。

論理的に考えれば自分がサキを死なせたのではないが、〈レムエックス〉に真実を握りつぶされたせいで自責の念は頂点に達していた。サキの家族には自分たちで正義を求めるだけの財力がなかった。彼らは、サキの援助によって生活できているしがない農夫だった。ジャスパーが彼らのためにできることといえば、生命保険の請求手続きを手伝う程度だった。

ところが、メリーリャ夫妻が求めたのは金ではなかった。二人はひどく打ちのめされ、亡き息子を恋しがっていて、ジャスパーはつらくてたまらなかった。

それが孤独な人生を追い求めた本当の理由だった。悲しみは恐ろしいものだ。無力感と苦痛を味わうリスクを避けたいなら、他人とは距離を置いていたほうがいい。

床板のきしむ音で頭を上げると、ドアの下にかすかな光が見えた。小さなノックの音もしなかっただろうか？

　ジャスパーは上掛けをはねのけ、ボクサーパンツの上にショートパンツをはいた。

　ドアを開けても、廊下には誰もいなかった。しかし、読書ができる空間にランプがともっているのに気づいた。

　ヴィエナが低い本棚の前にしゃがみ、こちらを見あげていた。彼女もジャスパーも身じろぎもしなかった。息もつめていた。

　ランプの黄色い光とバターカップ色のナイトドレスのせいで、ヴィエナは金色に輝いて見えた。胸の谷間をおおうレースと、ふくらみを包みこむシルクのギャザーから彼は視線をそらした。

「なにをしているんだ？」胸苦しさを覚えながらきいた。

「眠れなくて、これを見つけたの」ヴィエナが歴史ロマンスの一冊を手に取った。

　やれやれ、二人とも不眠に悩まされている原因はなんだろう？　ジャスパーは思った。ヴィエナの肩からナイトドレスのストラップをずらし、輝く肌に口を押しつけるところを想像する。

「ここにいる間、携帯の電源は入れないつもりだったのに、本を持ってくるのを忘れていて」彼女が自分の髪を耳にかけ、本の背表紙に顔を近づけた。

　僕の本を読めばいい、と彼は思った。頭では舌に触れるヴィエナのピアスの感触を想像していた。

「バンパイアが主人公の本はなかなかだった。公爵のは退屈で、海賊のはセクシーだったな」

「そうなの？」彼女が興味深そうな顔になり、公爵が主人公の本を棚に戻して、肌をあらわにした海賊が表紙に描かれた本を手にした。「あなたがロマンスを読むとは思わなかったわ」

「眠れないんでね。この家にある本を全部読めば、眠くなるかと思ったんだ。地下にある『はらぺこあおむし』を読んだときはもう少しでうまくいきそうだったが、結末がおもしろすぎた」

ヴィエナが笑いながら立ちあがった。「文字を習ったころに読んだことがあるわ」

ナイトドレスの裾は腿を少ししか隠しておらず、ジャスパーはうなり声を押し殺した。

「不眠症だなんて気の毒に」彼女の心配そうなまなざしはとてもやさしげだった。「原因はストレス？これまであったことの」

「ああ」彼は疲れきっていた。骨の髄までくたくたで、ヴィエナになぐさめを求めたかった。

「じゃあ、夜中に起きてあなたのじゃまはしないわ」

そうしてくれ。部屋に戻ってドアを閉める彼女を見ながら、ジャスパーは思った。

4

セクシーな本を選んだのは大きな間違いだった。

ヴィエナの頭はすでにジャスパーでいっぱいだった。だから眠れなかったのだ。古代の王の愛人のようにジャスパーのドアの前でひざまずく前から、彼に関して考えないほうがいいことを考えていた。

勧められた本の数章を読んだだけで、想像は暴走を始めた。ジャスパーはこの挑発的な場面を読み、私が読むのを知っている。そのせいでエロティックなラブレターのように感じてしまう。

やがてヴィエナは海賊のジャスパーにとらわれた自分の姿ばかり想像し出し、ついに本を脇に置いた。想像の中の彼は命を助ける代わりにみだらな行為を強要し、ヴィエナをひざまずかせた。さらに手と足を床につかせると、後ろから彼女を奪って……。

カーテンの隙間から朝の光が差しこむころ、ヴィエナは枕に顔を押しあててうめき声をあげ、眠るのを完全にあきらめた。そしてウッドデッキに出て、セクシーな妄想をなんとかスケッチブックの上に表現しようとした。

「コーヒーをもう一杯どうかな?」

「きゃあ!」その衝撃の原因は驚きというより興奮だった。ジャスパーがまたそばにいることに背筋がぞくぞくしていた。

彼はスクリーンドアの向こうでコーヒーポットを手に礼儀正しく立っていた。表情はない。

恥ずかしいったらないわ!

彼女は遅まきながら空のカップを差し出した。

「ええ、お願い」

スライド式のスクリーンドアを開け、ジャスパーがコーヒーを注ぎに来た。白いTシャツはカットオフで、ジーンズの裾はすり切れている。でも、目は筋肉質の腿と喉仏に吸いよせられてしまう。なぜこの人にはこんなにたくさんの魅力があるの?

「ありがとう」

ジャスパーはキッチンに戻り、自分のマグカップとヴィエナが作っておいたキッシュを持ってふたたび戻ってきた。そして彼女の向かいの椅子に座り、晴れ渡った明るい空の下で目を細くした。「絵を描くときは本当に集中するんだな」視線をヴィエナが持つスケッチブックにそそぐ。

「だから学校の成績はよくなかったの。落書きを始めたら、気づいたときにはみんながテストを提出していたのに、私はスナネズミしか描いていないありさまで」

「それはスナネズミじゃないな。ペイトンか?」

彼は私の絵を見たの?ヴィエナはスケッチブッ

クを胸にあてた。考えてみれば、自分のしていることを隠したいという衝動は、小学校のときに絵を描いていて大問題になったのが原因という気がする。

「ペイトンとはちょっと会っただけでしょう」赤ん坊のさまざまな表情でうめつくされたページを見る。姪を抱っこするのは今までいちばんの喜びだった。

「一度だけ抱かせてもらった」ジャスパーの声にはもの悲しさがあった。いいえ、あれは切なさ？

ヴィエナは衝動的にそのページを破って差し出した。「写真は一枚も持ってないでしょう？」

彼はそれを受け取ろうとして、顎をしゃくった。

「署名してくれ」

恥ずかしくて、彼女は顔を赤らめた。署名するほどの絵ではなかったけれど、下のほうに名前を入れる。

「ありがとう」ジャスパーは絵を受け取ると、ヴィエナがきまり悪くなるほどじっくり眺めた。ペイトンの瞳の輝きをとらえるのがいかにむずかしいか、彼女が言い訳しようとしたとき、ジャスパーが尋ねた。「自分の絵を売っているのか？」

「いいえ。美術の学位も取ってないわ」

「芸術は工学とは違って、学位がなくても金はもらえる」彼がそっけなく言った。「これだけ才能があるならなおさらだ」

才能があるかどうかは極めて主観的な判断だ。

「大学を中退して以来、あまり描かなくなったの。絵を追求しても……無意味だから」ヴィエナはスケッチブックのリングに残った紙片をつまんだ。「婚約したときは三年生になるところだったんだけど、みんなから〝美術の学位を取ってなにをするの？〟って言われたの。だから辞めたのよ」

「ハンターにも言われたのか？」

「いいえ、兄は唯一描きつづけるように勧めてくれたわ。でもニールとの間にすぐ家族ができると思ったから、結婚生活に集中したほうがいいと思ったの。私は二十歳だったわ」絵を描くのをあきらめたことを思い出すと、今でもつらかった。

「結婚していたのは何年だ？」

「六年」ニールとの関係を続けることはできたが、夫を愛するふりをするのに疲れていた。「あれは結婚というより、会社の合併に近かった」なにか言われるのを覚悟して、ヴィエナはジャスパーを見た。彼は礼儀正しい関心を示しただけだった。

「兄と違って、私にはビジネスの才覚がないの。いずれにせよ、父は私が会社にかかわるのをいやがった。父は男性同士の絆や、父親と息子の関係をとても大事にする人だったのよ。それにひどい性差別主義者だった」女性はキッチンにいればいいと考えていたのだから。「私が会社のためになる結婚をすれば、喜ぶと思ったんだけど」

「喜ばなかったのか？」

「それほどはね。もっと分別を働かせて、兄の言うとおり大学に残るべきだったわ。でも兄はすでに父としっかり関係を築いていたのに、私はそうじゃなかった。父が望まなかったから」必死に冷静な声を保ったものの、胸の奥には動揺があった。「昨日、育った環境が違うってあなたに言ったのはそういう意味だったの」

自分の父親がそんな冷酷なふるまいをするところが想像できなかったのか、ジャスパーがまばたきをした。「君たち夫婦には子供がいないんだよな？ネットで見ただけだが、そういうことは書いていなかった」

「子供はいないわ」その話題を口にするのはつらかった。「私たちが離婚したと聞けば、人はよかったと言うんでしょうね。結婚が破綻しても、被害をこうむる子供はいないから」ヴィエナは苦々しげに続けた。「でも、よかったとは思えない」

「神経を逆撫(さかな)でする質問だった。君は家族が欲しかったんだろう？」

「ええ。でも無理なの。私はいわゆる〝適切でない〟子宮の持ち主だから」

「そんな言葉は聞いたことがない」

「妊娠できないのよ。自力では」ヴィエナは近くの木の枝を走りまわるシマリスに気づき、スケッチしはじめた。「子供が欲しくなかったニールには都合がよかったみたい」

口に出して言ったのは初めてだった。それが彼に離婚を切り出した理由だった。

「結婚前は子供が欲しいと言ってたの。でも、彼は目的のためならなんでもする人だった」アイボリーからアーモンド色の色鉛筆に持ち替える。「結婚すると、彼は私を説得して子作りを先延ばしにしたわ。〝お父さんを喜ばせるために妊娠するのはだめだ〟とか言って。私は妊娠したかったのに。やっと協力的になってくれても、成功しないまま一年半が過ぎて、私は毎月のように絶望していた。彼はほっとしていたけどね」

ヴィエナは蜂蜜色と暗褐色を絵に足した。

「私は人工授精を試したかったのに、彼は時機が悪いと言って何度もクリニックに来なかったわ」

ジャスパーの反応を知りたくなかったので、彼のほうは見なかった。それでも〈ウェイヴ・コム〉のために長年耐えてきたせいで、人知れず苦しむことにとても疲れていた。

離婚を正しいと思っているのは、子供をあきらめたくないからなのかもしれない。

「私は最終的に、子供を欲しがらない男性との間に赤ちゃんはつくらないほうがいいと悟ったの。当時は父が亡くなったばかりで、兄は継母(ままはは)との裁判中だったから、ニールと私が別居していることは兄には言わなかった。とにかく報道される事態だけは避けたかった。私はトロントに移って画廊で働きはじめたわ。ニールは気にもしなかった」ヴィエナはくるみ色の色鉛筆に手を伸ばした。

「妹のアメリアがあっさり妊娠して、とても不公平に感じたんじゃないか？」

「妊娠はつねに不公平なの。でも今後は、私の望みをかなえてくれる人を見つけられる。ひょっとしたら一人で育てることになるかもしれないけど」

「一人での子育てはむずかしいぞ」

ヴィエナは色鉛筆を置いた。

「経験者は語るじゃないが」ジャスパーが乾いた口調で続け、テーブルの上を転がってきた色鉛筆を受けとめた。「そうなんだ」色鉛筆を彼女に渡す。

「どういう意味？」ヴィエナは色鉛筆を受け取りながらきいた。

「僕が子供のころ、父は交代勤務で働いていて家にいても寝ていることが多かったから、家は母が取り仕切っていた。僕たちの家は堅実な中流階級で、生活は苦しくはなかったが、派手でもなかった。父も母も働いていたので僕は買い物を手伝い、料理をし、妹を歯医者に連れていったりしていたんだ」

「アメリアの世話から解放されたのは何歳のときだったの？」

「高校卒業後、僕はブリティッシュ・コロンビア大学に合格していたが、家を出て一人暮らしはできなかった。少し前に母は亡くなっていたうえに父はまだ働かなければならなかったし、アメリアは十一歳で、夜一人で留守番をしていい年じゃなかった。だから、トロント大学に編入できるまで地元の大学に通いつつ家事をこなしていたよ」

「専攻は地質学？」ヴィエナは推測して言った。

「それと地理学と経営学だ。父が現場監督になって、毎日決まった時間に帰るようになってから僕は家を離れ、石油会社で二、三年働いてからユーコン大学で修士号を取った。僕にはなんの実績もないと〈レムエックス〉は世間に思わせたがっているが、実は五年間、個人コンサルタントとして働いていた過去がある。連中にもそれはどうにもできない」

ジャスパーの口調にこめられた強い意志に、ヴィエナは背筋を震わせた。

「元夫の話に戻ろうか。昨日、君はまだ彼に離婚すると話していないと言ったよな？　いつ話すつもりなんだ？」

「いつでもいいんだけど」シマリスがいなくなったので、彼女は記憶を頼りに描きつづけた。「ニールは会社にあまりいないの。だから、なかなかつかまえられなくて」

「彼は争うつもりでいるのか？」

「それはないと思うわ。別居して一年になるし、婚前契約書に従って離婚するつもりだし。あの、ごめんなさい」ヴィエナは深い後悔を顔に浮かべてジャスパーを見つめた。「あなたがここにいる理由を知って、私の存在がどんなに迷惑だったかわかったわ。あなたのしていることをじゃまするつもりはなかったけど、ほかに方法を思いつけなくて。前に一度離婚を切り出したら、ニールにごねられたの。今回もごねられるかもしれないけど、私は負けないわ。彼に縛られたままではいられないもの」

「そうか」ジャスパーが静かに言った。「僕に謝る必要はないよ」

「ありがとう」ヴィエナは色鉛筆を片づけようとしたけれど、指がうまく動かなかった。結局、色鉛筆を箱の上に置いて立ちあがった。「散歩に行ってくるわね」

着替えている間に雨が降り出したので、ヴィエナは散歩をするのをやめて歴史ロマンスをさらに数章読んだ。雨が小降りになるころには、体がほてってしかたなくなっていた。ヒロインみたいに自分が小柄なバレリーナでないのが残念だ。いくらジャスパーがたくましい男性でも、彼がバレエのリフトのように私のヒップをかかえあげ、腿の間に顔をうずめながら立っていられるとは思えない。

　でも、できるかどうか確かめてはみたい。

「ジャスパー、私、海へ行ってくる」ヴィエナは階段を駆けおりながら声をかけた。

「つき合うよ」彼がノートパソコンを閉じた。

「必要ないわ」彼女は階段の下で振り返り、ジャスパーのデスクまで行った。官能的な小説の一場面がまだ頭に残っていて、頬が熱かった。彼はそんな私に気づいているのかしら？「ちょっと運動したいだけだから」

「僕も同じだ」ジャスパーが立ちあがって腕を伸ばした。彼の視線がヴィエナのジーンズを下から上へなぞると、彼女の中で欲望の炎がより燃えあがった。

　ジャスパーは、私が適切な服装をしているか見ただけよ。ヴィエナは自身をたしなめた。

　気温は昨日よりかなり低く、雨に濡れた木々の間を吹き抜ける風は冷たかった。ジャスパーが地下室のドアに鍵をかけたとき、彼女は身を縮めた。

「変な感じ」歩き出してから、ヴィエナは言った。「私たちって新しい人生に向かう列車に乗り合わせた者同士みたい。時間をつぶしたくて話をするけど、重い空気になってしまうの」

「君はどこに向かってるんだ？　自由か？　僕は復讐だろうな」

「そうなのね」彼女は憂鬱な気持ちになった。「もし私たちが実際の列車に乗り合わせていたらどうだった？　二人の行き先はエドモントンで、なんのしがらみもなかったとしたらなにを話す？」

「石についてかな。だから僕はまだ独身なんだ」

　ヴィエナは苦笑した。「本気で言ってるの？　教えてもらえてよかったわ。私は石についてなにも知らない。どうして研究しようと思ったの？」

「覚えていないな。恐竜が理由かもしれない。修学旅行で化石に興味を持ったんだ。化石の発掘はギャンブルに近い。三葉虫を一匹見つけたら、一生夢中になれる。そこにどういう成分が含まれているかを学ぶうちに、ジオードや石筍、ダイヤモンドの研究へつながった。そういうものがどこからきたのかを知りたくなったんだ」

「宇宙からとか？」ヴィエナは冗談を言った。

「いや、時間と自然の力によって生まれているんだ。何百万年も前から存在しているものを今手にできるという事実に、僕は畏敬の念を抱いている」ジャスパーが立ちどまって地面を指さした。「理解の範疇を超えた現象だから、自分がちっぽけでつまらないことを気にしていると思えるんだ」

「そう考えると、不思議な心地よさがあるわよね」

言われたことを理解して、彼女はうなずいた。

「どういうことだい？」ジャスパーが不思議そうに尋ねた。

「うまく言えないわ……」ヴィエナは頭を振った。

「話そうとすると怖くなるの」

彼が顎を引いた。「僕はずっとかっかしていたが、今は違う。ところで、エドモントンには親戚がいるのか？」

「どうしてそう思ったの？」

「エドモントンは観光地じゃない。仕事で行ったことがあるのか？　僕は行ったことがある」

「どうしてそんな地名を出したのかしら？」軽いやりとりが深刻な内容に発展した気がして、彼女は身をすくめた。「自分がどういう人間なのか一度も考えたことがないから、説明できないわ」ああ、なんてみじめなの。

「君は独身なのか？」

「電車に乗っている私はってこと？　ええ」ヴィエナはきっぱりと答えた。

「だったら、恋人を訪ねるつもりなのかもしれない」ジャスパーが思案するような表情をした。

ヴィエナの心臓が大きく打った。「そうは思わないわ」

「どうして？」

だって、そうなると電車の中でジャスパーと話せなくなるから。こんなふうに二人の間に惹かれ合う力が働くこともなくなるから。

それとも、すべては私の気のせい？

ヴィエナが緊張して唇を湿らせると、細くなったジャスパーの目が舌の動きを追い、彼女の中の奔放な気持ちをかきたてた。

緊張しながら彼の横を通り過ぎ、道の先を見る。

「話し合わないか？」ジャスパーが低い声で言った。

「なにを？」ヴィエナは、彼の唇が動くようすに意識を戻した。不安と期待から組んだ腕を胸に押しつけ、体を丸くする。

「僕たちが一つ屋根の下に住んでいる事実について、そして二人はそれだけなのかについて」

ヴィエナは口を開いたけれど、声を出せなかった。

「これは勘違いや思いこみじゃない。君が首を横に振れば、もうこの話はしない」

彼女は動けなかった。一歩先に進みたい気持ちと、拒絶される恐怖で麻痺していた。

しばらくの間、聞こえるのは木々からしたたる雨音だけだった。

ジャスパーが一歩近づき、ポニーテールからほつれた髪をつまんでヴィエナの耳の後ろにかけた。その指は耳の裏にとどまり、耳たぶの後ろをゆっくりとくすぐって彼女の首筋を熱くさせた。「なにか話したいことはないのか？」

「どうしたらいいのかわからなくて」彼女は緊張し

た面持ちでささやいた。

「話をするか？　行動するか？」ヴィエナのむき出しの鎖骨を指でなぞりながら、ジャスパーが愉快そうに口角を上げた。

「こ……行動したいわ」肌に触れるか触れないかの刺激的な感覚に、ヴィエナのまぶたは震えた。「私は知らないから。ベッドをともにしたのは――」夫の名前は言いたくなかった。今はまだ。恥ずかしくてたまらない。「離婚するからって、すぐ別の男性と関係を持ちたくないの。立ち直るためにあなたを利用したくない」

「いや」ジャスパーが彼女の喉を撫でた。「今すぐ僕を好きなだけ利用してほしい」

ヴィエナは息をのんだ。彼の手が喉を包みこむと、そのてのひらに激しく打つ脈が伝わっているのを意識した。

「ひどい結果になったらどうするの？　この先のクリスマスディナーの席であなたと向かい合って座ったとき、この一週間がどんなに気まずかったかを思い出したくないわ」

「そんなことにはならない」

「どうしてわかるの？」

手をヴィエナのうなじに移動させ、ゆっくりと頭を低くしたとき、ジャスパーの目の奥には当惑と愉快さ、そして忍耐強さに近いなにかがあった。彼の唇が唇をかすめると、その場所がざわめいた。

彼女は何度もまばたきをし、反射的にジャスパーのスウェットシャツの前をつかんで引きよせた。

からかうようなけだるげなキスをしつつ、彼はヴィエナを抱きしめていた。キスが激しさを増したとき、彼女は息をつめて期待に胸を躍らせた。

三度目のキスのあとで、ジャスパーがヴィエナの腰に手を置き、正しい角度を見つけようとゆっくりと頭を傾けた。彼女は爪先立ちになり、唇をいっそうしっかりと押しつけた。

彼が腕をヴィエナの体にまわして強く抱きよせ、彼女がくらくらするまで唇をむさぼった。ヴィエナは呼吸をするのも忘れ、この魅惑的な情熱に溺れた。

ジャスパーに体をあずけて彼の首に腕をまわすと、ヴィエナの下腹部に興奮した下腹部が心地よく触れた。彼女は長い間、男性に求められていると感じたことがなかった。けれど、今は求められている証拠があった。ジャスパーは私を欲しがっている。

ヴィエナは泣きそうになった。

彼女は奔放にキスを返し、喜びにひたりながらぼんやりと思った。キスをしたらこういう感じになるのが正しいんだわ。

荒々しいうなり声とともに、ジャスパーが体をひねってざらついた木の幹にヴィエナを押しつけた。そして杉の香りが漂う中、ふたたび深々とキスをする。手はヴィエナのジーンズのポケットを撫でてからヒップを包みこみ、うれしいくらいの独占欲を発揮して彼女の脚を自分の腰にからめさせた。

二人の腰と腰は密着していて、ジャスパーの欲望の証がヴィエナの熱くとろけている場所を刺激していた。彼がわざと体を揺らすと、ヴィエナは指先まで金色の衝撃が走るのを感じた。

これが正しいんだわ。満ち足りているのに飢えていて、すばらしい気分だ。

すすり泣くヴィエナの唇を唇でふさぎ、ジャスパーが舌で舌に触れた。彼女はすぐさま舌をからめ、ジャスパーの髪に両手を差し入れると、腰をさらに押しつけてめくるめく喜びにひたった。彼女にとってのぼりつめる感覚はずっとよくわからないことだったけれど、今は生まれて初めての興奮を覚えていた。限界が近いのがわかって体が震える。

しかし熱烈なキスが突然終わり、ヴィエナはショックを受けて途方にくれた。朦朧としながらも目をどうにか開ける。ここに一人で残されたらどんなに打ちのめされるかと想像して身構えていたけれど、ジャスパーの頬は上気したままだった。

「まだ気まずいかい?」荒々しい声には情熱と自己満足がにじんでいた。

「こんな気持ちになったのは初めてだわ」

彼がまじめな顔になった。「君は毎回、そういう気持ちを味わわないと」

まだもの足りなくて、ヴィエナはジャスパーの喉に目をやった。すると彼の熱い唇が首筋から耳を這い、歯が軽く触れた。

「家へ帰ろう。今の君を感じさせてくれ」ジャスパーがささやいた。

ヴィエナはうなずき、彼のあとから丘を戻りはじめた。

5

二人は地下室のドアから中へ入り、泥のついた靴を脱いだ。ジャスパーは濡れたスウェットシャツをフックにかけた。ヴィエナもアノラックをかけ、少し迷ったあとでジーンズのボタンをはずした。そのヒップ部分が湿っていて苔がついているのは、濡れた木の幹に押しつけられたせいだ。

彼は、ヴィエナがジーンズを脱いで洗濯機に入れるのをじっと見ていた。「すてきだな」小さなレースのショーツを撫でる手は外にいたせいで冷たく、彼女の肌が粟立った。指の関節がエメラルド色のシルクの中心を羽毛のように軽くかすめたときは息をのんだ。

ヴィエナの目に見えたのはジャスパーのたくましい胸と、罪深い唇に浮かぶほほえみと、瞳に宿る約束のみだった。彼がさらに力をこめてショーツを撫でた。

「あの……」彼女は言わなければならないことを思い出した。「避妊具はないの。でもいろいろ検査して、妊娠できないとわかってて――」

「避妊具なら洗面所にある」

ヴィエナはぱっとジャスパーから離れ、キッチンへ続く階段の下まで走った。そこで立ちどまって振り返ると、彼は洗濯室の開いたドアの両脇に手をついていた。

「それでいいのか？」ジャスパーの声はざらついていて、彼女は階段の手すりを握りしめた。「じゃあ、逃げるといい。必ずつかまえるから」

小さな悲鳴をあげたヴィエナは階段を駆けあがり、食料庫（パントリー）を通り抜けてキッチンへ入った。ジャスパーのしっかりした足取りには、追いつくという自信がにじみ出ていた。

スリリングな追いかけっこをしていたせいで奔放な気持ちになり、ヴィエナは大胆な行動に出た。自由を実感していて、彼と一緒ならなにをしても間違いではないと思えた。

ヴィエナはレースのショーツを脱ぎ捨てて階段をのぼりはじめた。パントリーから出てきたジャスパーが、その光景を見て悪態をついた。

彼女は笑いながらまた走り出したけれど、後ろを振り返った拍子に階段でつまずいた。

つんのめるヴィエナをジャスパーは受けとめ、力に任せて仰向けにさせた。そして、階段に横たわる彼女におおいかぶさった。

「これまで望んだことがないほど、君が欲しいんだ」

荒々しく唇が重なったとき、ヴィエナは彼の顎にうっすら生えたひげの感触を味わった。

「僕はずっと君が欲しかったんだ、ヴィエナ。この一年はいくつも望みがあって、自分の人生を取り戻すために毎日いろいろな誓いを立てていたが……君を望んでいることには気づいていなかった」ジャスパーが手を彼女のシャツの下に潜りこませ、ブラの上から胸に触れた。

「二階に行きましょう」ヴィエナは促した。階段の踏み板が背中を押していて痛かったので、腰を持ちあげて不快感をやわらげる。それでも、彼はヴィエナにおおいかぶさったまま動かなかった。

「君になにをするか言ったかな?」彼がヴィエナのシャツの裾を上げ、おなかにキスをしようと下へ移動した。

ヴィエナはうめき声をあげ、脚と脚を合わせようとしたけれど、ジャスパーにとめられた。彼が警告するように内腿を軽く噛(か)み、階段の踏み板にひざまずきながらヴィエナの両脚をかかえた。

「ジャスパー」海賊が出てくるロマンス小説にも似た場面があった。「ああ……」ジャスパーが舌でヴィエナをじっくりと味わうと、彼女は息をのんだ。

私にこんなことをされる資格はない、という思いが脳裏をよぎった。自分は痛みを受けとめる側のはずで、好きなだけ喜びを享受する側ではないはずだった。ジャスパーはてのひらを上へすべらせてふたたびヴィエナの胸をとらえつつも、腿の間を舌で何度も刺激した。

ジャスパーが満足げな声をあげていなければ、ヴィエナは彼を突き飛ばしていたかもしれない。だが彼は一人で勝手に楽しむのではなく、まるでヴィエナに楽しませてもらっているというようだった。手をどこにやればいいのかわからず、彼女は上の階段の端をつかんだ。そうして安全な体勢になってから背を弓なりにし、ジャスパーが与えてくれる喜びにひたった。

ジャスパーはまるでヴィエナがごちそうだというように、わざとじっくりと彼女をむさぼった。体をこわばらせ、震えているのはヴィエナのほうなのに、指を彼女の中に入れるのはジャスパー自身の喜びが増すからに思えた。

ヴィエナはニールと体を重ねてのぼりつめたことがなかった。これほど寛大に喜びを与えられたのは初めてで、彼女は急に心を丸裸にされた気分になった。腿と腿をもう一度合わせようとしたとき、差し入れられた指が二本になった。ジャスパーのゆっくりとしたリズミカルな愛撫は、ヴィエナをもう一度恍惚の淵に追いやりはじめた。

ヴィエナの体は勝手に動いていた。自制心を保とうとしながらも彼に喜びを与えつづけてほしくて、腰を上げ、身をよじる。体の奥からはあらがいがたい感覚がわきあがっていて、もしその感覚に身を任せたら壊れてしまうかもしれないと思った。

限界がどんどん近づいてきて、抵抗するヴィエナの最後の力を奪っていった。体の震えもひどくなる。彼女がジャスパーの指を締めつけたとき、至福がハリケーンのような勢いで襲ってきた。

腰を左右に動かして押しよせてくる快楽を受けとめているうち、ヴィエナは声をもらしていることに気づいたものの、抑えることはできなかった。あまりに強烈でこらえきれなかった。

しかし、とてつもない満足感があった。

荒い呼吸を何度も繰り返しつつ、彼女はゆっくりと全身から力を抜いた。

ジャスパーがまだ震えているヴィエナのおなかに舌を這わせたあと、ブラを押しのけて胸の先に口づけした。そしてさらなる欲望をかきたててから唇を離し、顎にキスをすると、ぐったりとした彼女の体を抱きかかえた。

ジャスパーが階段をのぼりきり、寝室のベッドにヴィエナを横たわらせたとき、彼女の意識はまだ朦朧としていた。それでも遅まきながら、反射的にシャツを引っぱって下腹部を隠した。

眉を上げた彼の顔はかすかに紅潮していた。「気が変わったのかい？」

「いいえ」ヴィエナはシャツから手を離した。「恥ずかしかっただけ」

ジャスパーに笑われると思った。あんな反応をしたのだから遅すぎる。だが、彼は視線をヴィエナの脚からシャツを押しあげる胸へさまよわせただけだった。「恥ずかしがる必要はない。僕は階段を使うたびにさっきのことを思い出すだろうな」

「それが怖いの」

「なぜ？」彼が洗面所から箱を持って戻ってきた。そこから避妊具を取り出し、箱も避妊具もナイトテーブルに置いてジーンズのボタンをはずした。

この人はなんの努力もせずに私の警戒を解いた。ただキスをし、愛撫をし、もの憂げなまなざしを向け、低く満足そうな声をあげただけで、私の心の扉を開いてしまった。

ヴィエナは自分と他人との間に壁を作るのが得意だった。自分の考えや夢、気持ち、深い不安は少ししか相手に伝えてこなかった。

そのせいでジャスパーにすべてを捧げずにいられない自身が恐ろしかった。実際、予想以上に冷静ではいられず、心の底から動揺していた。

ところがそのときジャスパーがシャツを脱ぎ、ジーンズと下着を取った。それからたくましい体を伸ばした。

避妊具を装着するジャスパーを見て、ヴィエナは本能的に称賛した。力強く魅力的な彼に、一度も赤ん坊を宿したことのない子宮に衝撃が走る。この人が子供を持ったら、どんな危険からも守りながら養っていくに違いない。

もう一度おおいかぶさってきたジャスパーの体は、黄金の木の心材から彫り出されたようだった。「まだ恥ずかしいかい？」彼がヴィエナのこめかみを撫でた。「このシャツを脱がしてもいいかな？」

ヴィエナがジャスパーの肩を押すと、彼は隣に転がった。身を起こした彼女はシャツを脱ぎ、ブラを取ってベッドの端に放った。

ジャスパーの体の上に寝そべったとき、彼が大きく息を吸い、ヴィエナの背中に手をまわした。胸と胸を触れ合わせながら、彼女は下に向かってキスをしていった。彼がヴィエナのヒップをつかんで上へ戻るよう促し、胸の先に口づけする。

ジャスパーは彼女が身を差し出すことをとても喜んでいるようだった。彼に興味を示されて、新たな欲望がわきあがる。ジャスパーの髪を指でとかすと、彼が胸のふくらみをもてあそび、その先を硬くとがらせた。下腹部が熱をおび、ヴィエナは飢えを覚えた。ジャスパーが必要だった。彼と一つになりたかった。

彼女は体を起こしてジャスパーの上に座ったまま脚を広げ、興奮の証（あかし）を愛撫して自らの中心へ導いた。

ジャスパーがこちらを見つめているのはわかっていた。一つになる前、ヴィエナは目を閉じたけれど、大きな彼に満たされる感覚が増幅しただけだった。彼女はゆっくりと、感謝しながらジャスパーに身を任せた。

ああ、なんてすてきなの。

ジャスパーの手は動きつづけていて、ヴィエナの腿をくすぐり、ヒップを包みこみ、腰をつかみ、胸をとらえ、親指で二人が結ばれている部分を刺激した。すると、彼女の喉から喜びのこもった本能的な声があがった。

ヴィエナはジャスパーの上で腰を揺らしはじめ、そのたびに生まれる快感に夢中になった。彼も腰を動かし、ヴィエナに応えた。彼女が両手をジャスパーの汗ばんだ胸につくまで、執拗に恍惚の淵へと追いやる。

いいのよ、とヴィエナはジャスパーに言いたかった。男性と一つになって、私がのぼりつめることはない。でも、あなたはのぼりつめて。

しかし、彼女は口をきくことができなかった。燃えさかる情熱の炎が全身を包み、我を忘れていた。次の瞬間、力強い手が腰をつかみ、それ以上動かないよう押さえつけた。

ヴィエナの体が震えはじめた。いや、とっくに震えていたのかもしれない。ジャスパーが空いているほうの手を二人の間にすべりこませ、親指で敏感になった場所をいっそう強く刺激すると、彼女の視界は真っ白になった。雷が落ちたような衝撃を受けて、すすり泣きをもらす。

ジャスパーが親指を動かすたび、ヴィエナは頭の中で稲妻がひらめく錯覚に陥った。快感は何度も何度も激しく襲ってきて、耐えられるかどうかわからなかったけれど、気にはならなかった。その瞬間の彼女は風であり、雨であり、炎であり、光だった。だから恥じることなく彼に身を寄せ、貪欲に、いつまでも喜びに溺れていた。

しばらくして、ジャスパーが上にいるヴィエナに向かって力強く腰を押し出した。彼が必死に保っていた自制心はすべて吹き飛んでいた。それでも、彼女を傷つけることはなかった。自身を満足させるために狂暴とも言える衝動に駆られ、荒々しい声をあげて彼が入ってくると、ヴィエナは〝ああ、そうよ〟と何度も繰り返した。目を開けるとジャスパーは顔に純粋な欲望を浮かべ、両手で彼女の肩と腰をとらえていた。ヴィエナは獣のような彼の激しい要求にじっと耐えていたけれど、そこに危険はなかった。ただジャスパーが必要だった。彼が欲しかった。

そんなふうに思ったことは一度もなかった。没頭しているジャスパーの姿は、彼女に救われているとでもいうようだった。するとどうしようもなく胸がいっぱいになり、ふたたび限界へと追いやられた。

ヴィエナはジャスパーの胸に爪を立てて懇願した。

「絶対にやめないで。決して」

拷問を受けているみたいなうなり声をあげながら、彼は動きつづけた。しばらくするとヴィエナの速い呼吸が叫び声に変わり、全身が与えられた喜びに打ち震えはじめた。

次の瞬間、ジャスパーはいっそう彼女の中に身を沈め、勝利の雄叫(おたけ)びをあげた。

ジャスパーはヴィエナを自分の体から下ろした。目を閉じている彼女がありがたかった。考える時間が必要だが、一生かけても理解できないかもしれない。いったいなにがあったんだ？

避妊具をごみ箱に捨て、仰向けになる。

木にヴィエナを押しつけてキスをしたのは想定外の行動だった。ベッドで楽しい時間を過ごそうと思いついたときは、断られることを覚悟していた。

もしかしたら、僕は断られたかったのかもしれない。セックスは大好きだったが、もはや欲望に目がくらんだ分別のない十代ではない。欲望のままに行動したら男にはどういう責任と結果が降りかかるか、忘れられない教訓なら得ていた。そのせいで女性とつき合うときは、とても慎重だった。

ヴィエナとつき合うことと、見知らぬ女性とつき合うことは違う。二人にはふたたび会う機会があるからだ。気まずい思いをするのではと、彼女が心配したのももっともだ。

しかし彼女が〝ひどい結果になったらどうする

の？〟と尋ねたときは、笑いそうになった。二人の相性のよさは明らかだったのに。そうだろう？

ジャスパーはたった一度キスをして終わるつもりだった。ヴィエナと唇を重ねて二人の間にある可能性を見せたかったのだが、彼女がすぐに反応して、ジャスパーを情熱の炎に巻きこんだ。

人生でもっともすばらしいセックスだった。ヴィエナに触れるたびに全身が骨の髄まで揺さぶられたせいで、チリに発つずっと前から眠っていた部分が目覚めていた。彼が意図的に封印し、忘れていた部分が。

そんなことは期待していなかった。期待していたのは肉体的な満足だ。最初からうまくいくカップルはほとんどいないから、ヴィエナは心配していたのだろうか？　しかし、ジャスパーは階段をのぼる間も彼女が欲しい気持ちを抑えられなかった。

最初のキスから頭は欲望でいっぱいだった。決して独占欲の強い男ではないのに、ヴィエナの人生にかかわった一人の男の記憶を彼女の頭から消し去りたかった。それはエゴというより、もっと原始的な欲求だった。自分がヴィエナに深く惹かれているように、彼女にも自分に深く惹かれてほしかったのだ。

ヴィエナが身をゆだねればゆだねるほど、ジャスパーの飢えは解消するどころかより増した。彼女がもだえ、自制心を残らず失うと、自分の力を実感してささやかな満足感を覚えた。だがもっと欲しいという気持ちは消えず、さらに求めた。

〝ひどい結果になったらどうするの？〟

それなら、もしやめられなかったらどうするんだ？

「あの……私、もう行くわね」ヴィエナがくぐもった声で言って立ちあがった。

「泣いているのか？」ジャスパーはぞっとして起きあがり、彼女の腕をつかんだ。「痛かったのかい？」

「いいえ」ヴィエナがベッドから足を下ろし、枕を膝にのせて抱きしめた。「自分がばかみたいで」

「なぜだ？　そんなふうに思わないでくれ。さっきは本当にすばらしいセックスだったよ、ヴィエナ」僕は夢中になりすぎてなにか見逃したのか？

「ええ、それはわかってるの、ジャスパー」彼女が強い苦悶（くもん）の表情で言った。「だからこそ、これまで経験してきたのがどれほどひどいものだったかに気づいたのよ」

ああ、しまった。ジャスパーはベッドでこんな経験はした覚えがないと言いかけたものの、その言葉がヴィエナのなぐさめになるとは思えなかった。彼女はお粗末だったセックスについてではなく、約束を破られ夢を壊された夫婦関係の破綻を悲しんでいる。「君のせいじゃない」

「ええ、そうね。私はニールに必死に頼んだの。赤ちゃんをつくりましょうって」ヴィエナが枕に顔をうずめ、肩を震わせはじめた。

ジャスパーは耐えられなかった。上掛けをめくり、涙を流すヴィエナの背中を抱きよせて横になる。そいつのせいで泣くのはやめてくれ。彼はヴィエナの髪を撫でて口づけし、きつく抱きしめた。

目覚めたとき、ありがたいことに一人だったので、ヴィエナはシャワーを浴びようと自室へ戻った。

全身はうずき、綿がつまったみたいな頭には一つの考えしかなかった。私はなにをしてしまったの？

これほど多くのことをどう処理すればいいのかわからなかった。服を脱ぎ、ジャスパーに触れるのを許しただけでなく、私はありのままの自分をさらけ出してしまった。結婚生活で最悪の、もっともみじめな秘密を彼に打ち明けて泣いたのだ。

誰にもそんなところを見せたことはないのに。泣いていても、ひどい言葉をかけられただけだった。

〝幼稚なまねはやめろ、ヴィエナ〟父親は言った。

〝冗談もわからないのかしら?〟継母のイリーナは目を丸くして言った。

〝大げさに騒がないでくれ〟ニールは言った。

〝泣かなくていい。僕が父さんと話す〟兄のハンターでさえ問題を解決しようとしただけだった。

ジャスパーはなにも言わなかった。ただヴィエナを包みこみ、傷ついた心から棘を取り除いてくれた。

そんな状態からどうやって立ち直るの? 私の過ちがどれほど悲劇的だったか、私がどれほど自分をだまし、選んではいけない男性を選んでいたか、哀れにも彼に知られてしまった。

ジャスパーとなら後くされのない関係が持てる、と心から信じていた。ニールとベッドをともにするのはただの義務で、愛はなかった。彼が求愛してきたときはヴィエナも舞いあがり、愛されていると思っていた。結婚後は懸命に夫を愛そうとしたけれど、今は彼を好きでさえなかった。

ジャスパーについては自分の気持ちがわからなかった。彼のことはよく知らないから、抱いている好意と信頼が正当なものだと確信できなかった。真実を大切にする人で、自身を厳しく律しているのは知っている。すばらしい喜びを与えてくれる寛大な恋人でもあると思うと、ヴィエナはどきどきした。

階段で体を重ねた記憶がよみがえり、彼女は恥ずかしさに身じろぎした。けれど、ジャスパーに唇で触れられた脚のつけ根はふたたび熱をおびた。

お願いだからやめて。ヴィエナは欲望でいっぱいの頭に懇願し、シャワーを出て体をふいた。

外を見ると雨はまた上がり、早くも夕暮れが訪れていて、屋根にしたたるしずくの心地よい音が響いていた。彼女はヨガ用のレギンスと肌触りのいいチュニックに身を包み、階下に下りていった。

ジャスパーはまた料理をしていた。

どうしてあんなにセクシーなのに、信じられないくらい思いやりがあるの？　さりげなく無駄のない動きがすてきな、ジーンズとモスグリーンのシャツ姿のジャスパーに、ヴィエナはため息をついた。

「ジャスパー」おずおずと声をかけたけれど、彼のまなざしはよそよそしく謎めいていて、急にうろたえた。

「君の離婚がカナダじゅうの新聞の見出しを飾っている」ジャスパーが空のワイングラスを調理台に置いた。「電話が鳴りっぱなしだった」テーブルを顎で示す。

「まあ」ヴィエナは気分が悪くなり、画材と一緒に置いていた携帯電話のほうを見た。

「電源は切っておくと言っていたと思ったが」彼が昨日のワインをグラスに注ぎ、ボトルを冷蔵庫に戻した。

「あれは新しいものなの」彼女はつぶやいた。こういうときのためにプリペイド式ではない最新の携帯電話を用意していたのだ。「かけてきたのは唯一番号を知っている兄だわ。私と話したいのね」

ついにそのときがきた。全部終わるのだ。

いいえ、違う。まだ全部じゃない。しかし、終わりは近づいている。ヴィエナは期待と恐怖をこめて携帯電話を見つめた。

「ここにいるとハンターに言うつもりか？」ジャスパーがよそよそしく謎めいた表情のまま、自分のワインに口をつけた。

「あなたが望まないなら言わないわ」彼女はテーブルの端の椅子に座った。息を吐いて気を取り直し、不安と疑いを〝なんの問題もない〟という表情の下に隠してから電話を折り返した。

最初の呼び出し音でハンターが出た。

「妹と話してからそっちに行く」そう言ってから、画面のヴィエナに集中する。「やあ」

「電話をくれたでしょう」彼女は無理に明るい笑顔を作った。兄の後ろには青緑色の海と島が広がっていた。「新婚旅行のご感想は？」

「最高だよ」ハンターはボラボラ島にいた。「おまえは大丈夫か？」

「もちろん」ヴィエナは、ジャスパーが聞いているのに気づいた。彼の目は〝嘘はつくなよ、ヴィエナ。僕は嘘つきが嫌いなんだ〟と訴えていた。

「本当なのか？」ハンターが顔をしかめた。

「いいえ、ごめんなさい。兄さんには先に話しておくべきだった。ニールと別居したことを誰にも知られたくなかったの。でも彼が離婚を拒んだせいで、こうするしかなかったのよ」

「謝らなくてもいい。なにか僕にしてほしいことはあるか？」ハンターの声はぶっきらぼうだがやさしかった。ペイトンが彼の顎に頭をぶつけて泣き出しだときに、聞いたことのある口調だ。

ヴィエナはまばたきをして、声が震えるのを抑えようとした。「私と絶縁したいと思ってない？」冗談っぽく言おうとしたけれど、本当は怖くてたまらなかった。つらそうに唇を噛み、顎にしわを寄せる。

「思うものか」ハンターがきっぱり言った。「僕はおまえが心配なんだ。メディアはしつこく追いかけるだろうし、僕がいないと――」

「戻ってくるのはやめて！　だから兄さんがいない間に行動したの。私のせいで迷惑をかけたくなかったから。私は一人でも大丈夫」

「おまえのことを迷惑とは思わないよ」ハンターの言い方に、ヴィエナは神経を逆撫でされた。

兄に出しゃばるつもりはなかったのだろうけれど、結果的には同じだ。彼女は口の端を噛んだ。

ハンターが渋い顔になった。とっさに口にした言葉が失言だったとわかって、後悔しているらしい。

「おまえがみじめな思いをする男と結婚しつづけて

いるほうが、僕にとってはずっと気がかりなんだ」

ヴィエナの自尊心をもろくした張本人は誰なのか、わかっているというように彼がうなずいた。

継母にはスキャンダルや浮気が絶えなかったにもかかわらず、父親は結婚生活を続けた。ウェイヴァリーの姓がいまだに有名なのは彼女のせいだった。

「おまえはどこにいるんだ？　警備が必要か？　ここからでもできることはないか？」

「ないわ。本当よ。広報チームには指示をしてあるし、トロントに戻るときには警備を頼むつもり。今のところ、まったく問題ないわ」

「トロントに行かず、僕たちといないか？　それか、雪山の別荘で会おう。今はカルガリーにいるのか？おまえの後ろになにがあるのかわからないんだ」

「兄さんが戻る前に、私、ドイツに発つ予定なの。クインとマイカが結婚するから」

「そうなのか」エデンの親友がエデンの異父兄と結婚すると言われて、ハンターが少し考えこんだ。

「僕はクインとマイカのことをよくわかっていなかったが、二人には幸せになってほしいよ。結婚の贈り物には僕とアメリアの名前も追加してほしい」

ヴィエナは笑った。「マナー本にそう書いてあったの？　でもわかったわ」

エデンは、ハンターとの結婚式をだいなしにしたアメリアを恨んでいるようには見えなかった。ヴィエナがエデンと話をしたとき、エデンはレミーと結婚して心から幸せそうだった。ヴィエナがマイカの結婚式に招待されたのも、異父妹との結婚を中止したハンターを責めていないことの表れだろう。

「すぐにおまえを支持する声明を出そう」ハンターが話題をもとに戻した。「今すぐ警備を強化しなくても本当にいいのか？　どこにいるんだ？」あきらめる気はないらしく、もう一度尋ねた。

「しばらくの間、秘密にしておいてもいいかしら？」ヴィエナはジャスパーのほうに視線を向けずに言った。「居場所なら弁護士が知っているわ。この携帯は信用できない」

「たしかに。アメリアがビーチで待っているし、もう行くよ。なにかあったら電話してくれ」

「そうするわ。アメリアによろしく。ペイトンには私からだと言って、キスをしてあげて」

「あの子は今、砂まみれなのにか？」

「ええ、お願い」ジャスパーとアメリアの仲のよさを知って、ヴィエナは自分も兄どもっといい関係になりたくなった。「愛してるわ」早口で言う。

ハンターが驚きからすぐに立ち直り、低い声で応えた。「僕も愛している。僕はいつもおまえの味方だ」

ヴィエナはその言葉を信じた。「じゃあ、またね」

6

電話を終えたヴィエナは咳ばらいをした。兄の言葉に感動していた。

ジャスパーがワインを持ってきた。

「ありがとう」彼女はワインに口をつけた。

「君は、ハンターが離婚に反対すると本気で思っていたのか？」彼は驚いているようだ。

「違うの？　兄に失望したことはないけれど、兄にとって会社はすべてだわ。イリーナを排除するために奮闘したし、彼女が与えた損害をいまだに補填している。私は兄の問題を増やすのではなく、兄を楽にするのが自分の役目だと思っているの」

だから結婚の基本的な要素だった〝子供〟につい

て、私をだましたニールと夫婦でいつづけたの？ 子供が欲しくても欲しくなくても、パートナーとは同じ考えでなければならないのに。

「広報チームと話してくるわ。安全な回線を使うから心配しないで」

ジャスパーは行ってくれと手を振り、チキンソテーを作る作業に戻った。

今朝ヴィエナを抱きしめながら目を覚ましたときは、まだ彼女がもたらした影響の大きさに動揺していた。彼は普通の思いやりを持った普通の人間だった。すべての人が人権を保障され、地球の環境が守られることを望んでいたから、定期的にクラウドファンディングに参加したり、緊急に支援を必要とする人々へ寄付をしたり、献血に協力したりしていた。だが本当に大切にしていて、身代わりになって銃弾を浴びてもかまわないと思うのは父親と妹、姪だけだ。サキの家族もそこに入るかもしれない。

しかし、ジャスパーはヴィエナも守りたくなっていた。単にヴィエナの温かな裸身が密着している感覚を味わいたいからではなく、彼女には安全かつ心安らかでいてほしいからだ。

そのことに気づいて彼はそそくさと階下に下り、衝撃を受けた見出しに見るともなく目をやった。

ヴィエナがメディアから隠れたのは間違いだ、と最初は考えていた。彼女がこの家に逃げこんでいる間に、夫に離婚に関する手続きをさせるというのも腑に落ちなかった。現代ではめずらしくもないのにずいぶんと裏の事情があるように思えた。

だが、ウェイヴァリー家にとってはめずらしかったらしい。新聞の見出しはどれもうんざりするほど扇情的で、お世辞にも悪い関係から抜け出したい女性に共感している内容ではなかった。夫のほうは中傷されるどころかほとんど言及もされておらず、ヴィエナばかりが注目され、おとしめられていた。

記事にはあきれたものの、ヴィエナの離婚が公になってジャスパーの心の一部は安堵していた。原始的な独占欲がふたたびわきあがっていた。彼女はあの男のものではない。あんな男に彼女はふさわしくない。

おまえはふさわしいのか？　心の奥底で皮肉な声が問いかけた。

胸に悪寒が走ったが、ジャスパーは無視した。ヴィエナは深い関係を求めていなかった。この一時的な関係は双方にとって都合がよかった。

しかし、もし僕の状況が違っていれば……。

いや、僕は自分の人生を取り戻すために闘い、ヴィエナは新しい人生を切り開こうとしている。彼女が自分のしたことに向き合っている今、はたして僕との関係は続くのだろうか？

「いいえ、彼らがなにを言っているか聞く必要はないわ。想像はつくから」ヴィエナが引きつったほほえみを浮かべて携帯電話に言った。

「でも、誰もあなたを見ていないせいで憶測が飛んでいるんです」画面から女性の声がした。「私は、ミスター・ブリッグズがあなたを告発するのが心配なんです」

「ニールは私がどこにいるか知らないわ」ヴィエナが自信を持って応じた。「引き続き、メディアにはそっとしておいてほしいと訴えて、兄の声明を発表してくれる？」

オンライン会議を終えたヴィエナが弱々しく息を吐いた。一瞬、その顔に取りつかれたような、やつれたような表情が浮かぶ。どうして僕は彼女を浅はかだと思ったのだろう？　ジャスパーは反省した。ヴィエナはとても繊細な女性だ。だから会社のための結婚には向いていなかった。そのことに誰も気づかなかったのか？　なぜ誰も彼女をとめなかった？ハンターはなにをしていたんだ？

ヴィエナがふとジャスパーをちらりと見てから、背筋をまっすぐにした。「なにもかも順調だから」あたりさわりのない笑顔で言う。「夕食の手伝いをしましょうか？　おいしそうな匂いね」

「いや、もう準備はできているんだ」

料理はおいしかったけれど、ヴィエナはろくに食べられなかった。二人の間の沈黙は厚く重く、タールのようにねばついている気さえした。

勇気を出して顔を上げると、ジャスパーがワイングラス越しにこちらを見ていた。

のみこもうとしていた食べ物が喉につかえ、彼女はワインでのみ下した。「あなたは私のことをどう思っているの？」

「君は自分自身のために多くを望んでいる人だと思うし、どんな困難に直面してもあきらめたりしないところは称賛に値するよ」

「本当に？」ヴィエナはジャスパーの表情をさぐった。「私に会わなければよかったと後悔しているんだと思っていたわ」私に触れなければよかった、体を重ねなければよかった、と。

二人でしたことすべてが脳裏によみがえり、頬が熱くなった。

「後悔はしていない。だが、君のほうこそ僕に会わなければよかったと後悔するのでは、と考えずにいられない」彼の目の奥になにかがちらついた。「頼られるのはうれしいが、弱っている君を利用したくはないんだ」

彼女の心が高揚してから沈んだ。「私は弱ってなんかないわ」反射的に否定した。

ジャスパーの眉が疑わしげに上がった。ゆっくりとまばたきをしたのは私を見下しているから？　それとも哀れんでいる？　見つめられているうちに、ヴィエナは心を見透かされているみたいで不愉快になった。

「ヴィー……君をそう呼んでもいいかい？」ジャスパーがグラスを置いた。

　彼女はぎこちなくうなずいた。

「僕といるときは正直になってほしい。お願いだ。君が嘘をついていても、僕にはなにもできない。それでも自分を偽ってほしくないんだ」

　ヴィエナは息を吸った。不思議なことに、目に涙が浮かんだ。

「君は今日、自分がどういう人間なのか一度も考えたことがないと言ったね。それなら、なにが本当なのか認めることから始めればいい。君は臆病だからここに隠れているわけじゃなく、攻撃されるのを覚悟のうえで、今までの生活から離れるというつらい決断をしたんだ。君が自分を傷つきやすいと認められないなら、僕は間違いなく君を利用していることになる」

　その言葉に狼狽するあまり、ヴィエナは泣きそうになった。「私は弱っていちゃいけないの」涙声で訴える。「私はどんな人間でいてもだめなのよ」ジャスパーはとっくに気づいているのでは？

　どんな人間でいればいいのかわからず、これまでずっと他人が望むものになろうとしてきた。だから、ばかにされてきたのだ。

「本当の私を見て嫌いになったらどうするの？」ヴィエナはささやきに近い声で尋ねた。拒絶されるなんて耐えられなかった。念入りに着飾っていたのも、嘲笑されたり拒絶されたりしても自分ではないとごまかすためだった。でも、相手がジャスパーだと思うと受けとめきれなかった。

　すでに彼には多くのことを打ち明けている。ほかの人は誰も知らないことを。しかも彼はまだ目の前にいて、頼られるのはうれしいと言った。

「私は……」願望を口にするのはむずかしかった。

ジャスパーと体を重ねても冷静でいられると思っていた数時間前とは違い、今は関係を続けるのは危険すぎると感じていてまったく言える気がしない。それでも彼とは一緒にいたかった。勇気を出してそう言って拒絶されたら、どうしていいかわからない。

ヴィエナは唾をのみこもうとした。けれど、喉がからからでできなかった。

「すごく怖いわ。私は檻から出ることしか考えていなかった。檻が守ってくれていたなんて気づきもしていなかった。もしここに一人でいたとしたら、恐怖に押しつぶされていたと思う。勇気を出せず、離婚にも踏みきれなかったかも。でもあなたは……私にできることを教えてくれた。あなたが望むなら、これからも関係を続けたいわ」

彼の青い瞳に情熱の炎が揺らめいた。

「僕も続けたい。心から」

アヤワスカという幻覚剤をのんだことはないが、ジャスパーはヴィエナとのセックスには幻覚に近い作用があると思った。五感は研ぎすまされ、ヴィエナに触れたり、あえぎ声を聞いたり、唇で味わったりするたびに強烈な感覚がもたらされた。

ヴィエナがジャスパーのそばにいるとき、二人の間にはまさにつながりとしか呼べないものが存在していた。舌をどう動かしてほしいと彼が思っているのか、ヴィエナは承知していた。彼女の髪が腹部を撫でると、ジャスパーは気持ちが落ち着いたり興奮したりした。ジャスパーが一つにならなければ死んでしまうと思った瞬間、ヴィエナは絶妙なタイミングで彼を自分の中へ導いた。

これは人生のもっとも根幹となる行為だ。ヴィエナの中に入ったとき、ジャスパーはすべてに意味があると悟り、壮大で中毒性のある情熱に溺れた。彼女ののぼりつめ方はすさまじく、とても力強かった。

ジャスパーはヴィエナの手を自分の髪から離させ、てのひらのつけ根に軽く歯を立ててから、彼女の目が開くのを待ってふたたびキスをした。彼の中のすべては征服しろ、手放すなと叫び声をあげていた。

ヴィエナを欲する力はあまりにも強く、危険なほどで、彼女に飽きることがあるとは思えなかった。しかしヴィエナが唇を開いたとき、ジャスパーはキスをやめて体を離した。

「どこへ行くの？」ヴィエナがパニックに陥り、彼の腕に軽く爪を立てた。

「ここだ」ジャスパーは唇を彼女の胸に這わせた。

じきにヴィエナはこの家を出ていく。時間がないという感覚に追いたてられ、ジャスパーは貪欲になっていた。震える彼女の全身に唇で触れ、ふたたび限界に近づいた声を聞きたかった。

「もう耐えられないわ……」ヴィエナがあえいだ。

「どうしたいんだい？」ジャスパーはもう一度彼女におおいかぶさり、頬を包んでやさしいキスをした。

「私の中に入ってきてほしいの」ヴィエナの懇願のこもったまなざしはどこか悔しそうだった。

「では僕を導いてくれ」

彼女の手が二人の間をすべりおりていき、ジャスパーの下腹部と自分の下腹部が密着するようにした。

彼は快感に震え、心臓が暴れるのを感じた。ヴィエナを包みこみ、押しつぶしたかった。先ほどよりも勢いよく彼女の中へ身を沈め、熱い中心をめざした。

だが、これは現実ではない。

僕たちの喜びは、世間から隔絶した場所にいることと奇妙な状況によって倍増しているだけだ。窮地に追いこまれて、互いにしがみついているにすぎない。

しかしヴィエナがジャスパーの体に爪を立てて息をのみ、彼女の両腿が腰を締めつけたとき、彼の自制心は砕け散った。ジャスパーは冷静さをかなぐり捨てて動き、ヴィエナとともに忘却の彼方へたどり着いた。

ジャスパーが悪態をつき、ヴィエナの上で体を硬直させた。朝食のあと、二人はベッドに戻り、彼女はジャスパーのすてきな体をスケッチしていた。まだ心は舞いあがっていた。

しかし彼はそれほど甘い心境ではなかったようで、急に身を引いた。たじろいだ彼女を見て、申し訳なさそうに腿に触れる。

「どうしたの？」

「避妊具が破れていた」

「本当に？　古かったのかしら？」

「確認していなかった」険しい表情でベッドから足を下ろし、自らの膝をつかんだジャスパーはよそよそしかった。

ヴィエナはジャスパーの背中に触れた。「私は妊娠できないわ」つらそうな声で告げる。妊娠したくてもできないと、彼も知っているはずだ。「検査もいろいろ受けたの。心配することはなにもない」

「チリに行く前に、僕は健康診断を受けた。それ以来、君以外の女性とベッドをともにしたことはない」こちらを向いた彼の顔には動揺が表れていた。

「だったら問題ないんじゃないかしら」

安心した顔はしなかったものの、ジャスパーの両手から少し力が抜けた。彼がまた前を向き、落ち着きなく腿をさすった。「ああ、そうだな」

いやな予感がして、ヴィエナはうなじの毛が逆立った。口を開いてもなにを言えばいいのかわからない。するとジャスパーが突然立ちあがった。

「シャワーを浴びてくる」

彼はヴィエナを誘わなかった。彼女は傷つき、自分の部屋へ行ってサンドレスを着た。

この関係は楽しくてすばらしいけれど、長くは続かない。それなら肉体的なつながりにとどめておくべきで、心を求めてはいけない。深入りするのは危険だ。ジャスパーを好きになったら、私はまた支配されてしまう。

先ほどの喜びを思い出すと、そうなるのは確実だ。私がドイツに行ったあと、ジャスパーは戻ってきてほしいと思っている？　オーリン・コールフィールドと〈レムエックス〉に関する計画について、彼はあまり話してくれないけれど、絶対にやり遂げるつもりでいるのは明らかだ。一人でここにいることも気になる。

離れていても、私にできることはないかしら？　マイカ・グールドやレミー・シルヴェインのような人物は、兄と同じくらい広い人脈があって力もある。彼らなら助けてくれるかもしれない。

外で砂利が鳴る音がしたので、ヴィエナは髪にブラシをかけるのをやめ、夜気を取り入れるために開けておいた窓から顔を出した。

ＳＵＶ車が昼近い木もれ日を浴びていて、運転席から降りてきた人物の顔が同じ光に照らされた。

ニールがここに？　なんてこと！

シャワーの音は続いていた。ニールに誰といるのか知られたくなかったので、ジャスパーに声をかける気はなかった。ヴィエナは階段を駆けおり、玄関のドアから飛び出して、こちらに向かってくる元夫と顔を合わせた。

ニール・ブリッグズには裕福な男性らしい魅力があった。それほど整った顔立ちではないが、いかにも高級そうな洗練された身なりをしている。彼は体重を減らすためにスキーやゴルフをし、毎月髪を切り、白い歯を保つために金をかけていて、季節ごとに新しいスーツを購入していた。今日はハーフパンツにブランドのロゴが入った緑色のポロシャツというカジュアルないでたちだ。

「やあ、ダーリン」十二歳のとき、映画で見てからずっと練習してきたと思われる仕草で、ニールがサングラスをはずした。

「どうやってここにいるのがわかったの?」

「君への愛ゆえさ」彼が引きつった笑みを浮かべた。

ヴィエナはこれまでニールを恐ろしいと思ったことがなかった。しかし今は相手がひどく怒っているのに気づき、一瞬ひるんだ。「まじめにきいているのよ。どうやって私を見つけたの? 兄のアシスタントのスティーヴンから聞いたの?」

「ミスター・チョウは君の兄に忠誠を誓っているから、心配無用だ。去年、発信機を買っておいたんだよ」

「私を追跡していたの?」家を出る前にキーホルダーから忘れ物防止タグは取ったのに、ニールが発信機を仕掛けたかもしれないと思って荷物や財布を調べることまではしていなかった。なんて卑怯(ひきょう)な。

ヴィエナはかっとなった。「これはストーカー行為だわ、ニール」

「落ち着けよ。君がどこに行くのか言ってくれれば、そんなものを使う必要はなかったんだぞ」

「行き先を言う必要なんてないわ! 私たちは別居していて、もうすぐ離婚する。車に戻って私の前から消えないと、警察を呼ぶわよ」

はったりだった。脳裏にはジャスパーの顔が浮かんでいた。警察を呼ぶことはできない。そんなまねをしたら、彼の居場所がわかってしまう。

逡巡(しゅんじゅん)する彼女を見たニールが鼻で笑った。

「威勢がいいのは結構だが、僕たちは離婚しないよ、ヴィエナ。離れて暮らすことで二人はいい関係を保ってきたし、僕はそういう状態を続けるつもりだ。公の場で仲直りしたところを見せたあとでね。中に入って話し合おうじゃないか」彼がヴィエナに近づき、腰へ手をやって家へ連れていこうとした。

ヴィエナはニールの手を押しのけた。その拍子に勢いあまって、玄関の階段の手すりにぶつかってしまった。彼が横をすり抜け、家の中に入っていく。

「出ていって！」彼女は叫んだ。

「誰が君のためにここを借りたんだ？」ニールが閉じられたノートパソコンが置いてあるデスクを一瞥した。「チョウか？　ハンターか？　君のクレジットカードの明細にはなかったぞ」

「私のクレジットカード？」ヴィエナは新しいクレジットカードを作り、数カ月間、家族カードは使っていなかった。「なぜそんな情報がわかるの？」

彼が肩越しに哀れむような視線を向けた。「僕は君のお母さんの旧姓や、君が最初に行ったコンサートだって知っている」

結婚前、ニールが私に興味を持っているように見えたときから、私はずっと個人情報をさぐられていたの？

「弁護士にこのことは話しておくわ」ニールに行動を監視されていたことに、ヴィエナは反感をつのらせた。それと同時に、二階にいるジャスパーの存在もいやというほど意識していた。もしジャスパーが引き出しから服を出す音がニールに聞こえたらどうしよう？

ニールがキッチンのほうを見て動きをとめた。

「コーヒーカップが二つある」視線をほかへ向ける。「それに、かなりサイズの大きな靴も一足」そしてゆっくりと目を二階へやって黙りこんだ。

ヴィエナは体をこわばらせた。

恐怖を抱きながら見つめていると、素足のジャスパーがあわてることなく階段を下りてきて、関係が破綻した夫婦の前に姿を現した。

7

シャワーから出たジャスパーは、玄関のドア用チャイムが鳴るのを聞いた。複数の声に続いて、ヴィエナの動揺まじりの怒った声がした。

彼がショートパンツをはき、ファスナーを上げたとき、ヴィエナの叫び声が聞こえた。「これはストーカー行為だわ、ニール」

ニールだと？　ジャスパーの腹の中で嫌悪が塊となった。

「弁護士にこのことは話しておくわ」ヴィエナの震えるような声がして、彼は階段のいちばん上まで行った。階下にしゃれた格好の男がいるのが見えた。

彼女は一人ではないのだ。


オーリン・コールフィールドと〈レムエックス〉に対する綿密な計画を思い浮かべつつ、ジャスパーはヴィエナの元夫の憤慨した視線を受けとめた。

「おまえは誰だ？」シャツを着ず、素足で階段を下りてきたジャスパーに、ニールが尋ねた。

正義を求める自分の計画が突然危機にさらされて、僕は腹をたてているのか？　ああ、そうだ。それでも、ジャスパーはヴィエナを一人で目の前のろくでなしに立ち向かわせたくなかった。「なにか問題かい、ヴィー？」階段の下で立ちどまる。

「下りてこなくてもよかったのに。ニールは帰るところだから」彼女は腕を組んで自分の両方の肘を手でつかみ、こわばった表情を浮かべていた。懇願するような目は〝ごめんなさい〟と訴えていた。

「おやおや」ニールがハーフパンツのポケットに手を突っこみ、計算高い表情で二人を見比べた。「君がこんなことをするとはね、ダーリン。婚前契約書に不倫の条項があるのを覚えているかい？　ハンターが入れさせた条項が」

「覚えているわ」ヴィエナの顎が上がった。「その理由もね」

「結婚してから僕はずっと誠実だった。本当だよ。今後もそのつもりだ。君は違っていてもね」

「別居しているんだから不倫にはあたらないわ」

「裁判所がそう思うかな？」

「主張してみれば？　弁護士費用がかさむでしょうけどね！　私は気にしない」

「だが、新聞はどう書くと思う？」ニールは彼女をからかって楽しんでいた。それがわかって、ジャスパーは悦に入った男の顔を殴りたくなった。

「彼女は僕のためにおまえと別れたんじゃない。ただおまえを捨てただけだ」彼は淡々と言った。

言われた言葉をどう受けとめたらいいのか、ニールはわからなかったらしい。ジャスパーを見つめて口をぱくぱくさせていたが、それから目をまるくした。「おまえを知っているぞ」

なるほど。ヴィエナは元夫を営業部の部長だと言っていた。その分野で成功している人は顔と名前をよく覚えているものだ。

「アメリアの行方不明の兄だ」ニールがヴィエナに言った。「株主が喜びそうな話じゃないか。義理の兄と不倫して夫を捨てたのか？　逃亡中の男と……君はなにをしているんだ？」

もし相手が恐怖で後ずさりしていなければ、ジャスパーは階段を下りてニールの足を踏みつけていた。

「僕に触れたら暴行罪だぞ」ニールがうろたえる。

「おまえは招かれざる客で、住人を脅しているから、正当防衛になると思うが。確かめたいか？」

唇をゆがめたものの、ニールは恐れをなしたようだ。虚勢を張るのはやめて玄関に向かった。「お熱い二人のじゃまはしないよ」ヴィエナに不敵な笑みを投げつけた。「ダーリン、覚悟しておけ。このままではすまさないぞ」

震えながらSUV車が去っていくのを見届けたヴィエナは、恐ろしい顔をしたジャスパーを振り返って気分が悪くなった。

「彼は私の荷物に追跡装置をつけていたの」どこをさがせばいいのかもわからなかった。スーツケース？　化粧品？「そんなの犯罪行為でしょう？」

でも、ニールは夫として当然の行動をとったと主張するだろう。法律違反だと思う一方で、彼女の肌は粟立っていた。

「下りてこなくてよかったのに」ジャスパーの不穏な沈黙が神経にさわった。「私が彼を……」ヴィエナはどうすればよかったのかわからなかった。車の中で話すことにしたとしても、もしニールが勝手に二階に上がってジャスパーに会ったら？

昨夜、ニールは自分の居場所を知らないと、私は広報チームに自信満々に言った！　あれだけ周到に計画したのに、大騒ぎするメディアをけむに巻くどころかさらに悪い事態を招いてしまった。

「彼は私の居場所をネットに流す気よ。もうどこかに投稿しているかも。私たち、ここにはいられない」ヴィエナは泣きそうだった。一時間前はベッドにいて幸せだったのに。「すごく残念だわ、ジャスパー」

「僕もだ」

私は悪くない、と彼女は叫びたかった。そうよね？　もし私が息苦しい小さな箱の中にいるみたいな人生にとどまり、自由を求めなければ、ジャスパーは見つからずにすんだ。私は彼の計画をだいなしにした。ジャスパーは命が危ないかもしれない！

「電話しなくちゃ」ヴィエナは携帯電話をさがして被害を最小限に食いとめにかかった。急いで行動すれば、ジャスパーに嫌われることもないだろう。「兄と弁護士に知らせないと。広報チームにもすぐに声明を出すよう頼むわ。先手を打つチャンスは一回しかない。ニールは大げさに騒いでいるだけだと表明しましょう」継母に何度も翻弄された経験から、ヴィエナは断言した。「一つの家に親族同士が泊まるのは、おかしなことじゃない。私たちはただの知り合いでしかないわ」

ヴィエナがウッドデッキから戻ってきたときも、ジャスパーはまだ動いていなかった。彼女が招かざる客として初めてここを訪れたときよりも、さらに険しい顔をしている。

「私――」彼女は咳ばらいをした。「私のチームに航空券と警備の手配をさせるわ」アドレナリンのおかげで自分をより強く感じる一方で、手足はだるく重かった。頭は働かず、呼吸もうまくできなかった。まるで青銅で鋳造されたようにジャスパーの顔は冷たく硬いままで、ヴィエナは自分がよけいなことをしているのに気づいた。

体を真っ二つにされたかのようだ。穴があったら入りたい気持ちになり、彼女は反射的に自身を抱きしめた。

欲張ってはいけない、と自分を叱咤した。二人に未来がないのはわかっていた。私はしょせん厄介者で、二人はいっとき体を重ねたにすぎない。

「私、あなたの居場所が明らかになった責任を感じているの」ヴィエナは震えながら言った。「できるだけ被害を軽くしたいから、なにをすればいいのか教えて。チームに連絡して用意させるわ」

ジャスパーの返事はくぐもっていた。それは侮辱の言葉なのか、不信感の表明なのか、彼女にはわからなかった。

ヴィエナは唾をのみこんだ。けれど、喉にはまだ固いしこりが残っている気がした。

「もしあなたが私なしで動きたいなら……」そのとき、私は捨てられたごみも同然になるだろう。妻が不倫をしていたとニールが世間に発表したら、私は本当に人からごみを見るような目で見られるに違いない。

なぜジャスパーは私の義理の兄だったの？　その関係がとてもいとわしい。体をまるめたくなったものの、ヴィエナにそんな選択肢はなかった。私はいつもみんなから恥さらしと思われてきた。私に選べる唯一の選択肢は、また恥辱という試練をくぐり抜けることだけだ。

「ハンターに連絡してほしい」ジャスパーが不機嫌そうに言った。「そしてアメリアとペイトンを守ってほしいと伝えてくれ。僕は父に連絡して、自分なりに手を打つ」

彼に距離を置かれても、ヴィエナには責められなかった。しかし言葉が耳に入ると、毒に侵されたような気分になった。

ヴィエナはぎこちなくうなずいた。「できるだけ早く出ていくわ」

三十分後、ヴィエナはいなくなった。

ジャスパーはこれでいいと自分に言い聞かせた。彼はこの状況を一人で乗り越えたかっただけで、ヴィエナの離婚劇に巻きこまれたくなかったわけではなかった。ニールへの対応に後悔はない。どちらかといえば、もっと厳しくてもよかったくらいだ。

彼が懸念していたのは、二人の関係が公になったら、自分や家族が直面している危険にヴィエナもさらされることだった。彼女が〝私たちはただの知り合いでしかない〟と言ったときから、二人は別々の道を行くべきだと考えていた。

ヴィエナのその言葉はまだ生々しく残っているはずの、古い心の傷を思いがけずよみがえらせた。

まるでジャスパーには航空券を用意したり警備を雇ったりする余裕がないというように、ヴィエナが自分の広報チームに頼むと言い出したとき、彼は思い出したのだ。スーパーでカートを返却していたら、とても身なりのいい女性がレクサスに乗って現れた。彼女はジャスパーのガールフレンドの叔母だと名乗り、高級店の買い物袋を差し出した。その中にはジャスパーのパーカー、お気に入りの鉱物の本、そして〝スイート〟という文字のキーホルダーが入っていた。彼は〝ハート〟という対になるキーホルダーを車のスマートキーにつけていた。

〝あなたのものよ〟と女性は言った。〝アナリースは卒業まで私のもとにいることになったわ〟

ジャスパーは心臓が口から飛び出しそうになった。〝彼女は将来がある身なの。そこに今すぐ母親になることは含まれていないわ。あなたの存在もね。二度と連絡はしないで〟

ジャスパーはガールフレンドの選択を尊重した。当時は母親を亡くしてまだ日が浅く、父親と妹に対する責任が重くのしかかる中で、どうやって彼女と赤ん坊を養えばいいのかわからず、パニックに陥っていた。女性の軽蔑した顔を見たときは、自分は彼女にふさわしくない、無価値な人間だと感じた。

アナリースの将来に僕は必要なかった。彼女は噂(うわさ)になるのを避けるために転校したのではない。僕に会いたくなかっただけだ。

僕が義理の兄だったせいで、ヴィエナは二人の関係を冷たく否定した。

ジャスパーは苦々しい気分でヴィエナの荷物を車庫まで運び、彼女の別れの言葉にそっけなくうなずいた。ヴィエナが急に姿を消しても、くよくよしてはいなかった。彼には自分の車があり、自分の危機があった。つまり、考えを改めなければならない。

父親に用心するよう電話をかけたあと、弁護士に連絡して、計画を前倒しすると伝えた。オーリン・コールフィールドを捕らえることはできないかもしれないが、その下の者たちはまだ捕まえられる。

ジャスパーはさらに電話をかけながら荷造りをし、凍結されていたすべての銀行口座の解除をファイナンシャル・アドバイザーに依頼した。行方不明になっている間に、持ち株のほとんどは信託財産に移行されていた。アメリアは兄の資産を守るために天才的な働きをしてくれたのだ。

彼はその資産の一部を使い、ペーパーカンパニーを通して〈レムエックス〉の株を買い占めていた。どの採掘事業が成功するのか見抜く力があったので、大学時代から資産は増やしていた。だから航空券くらいは簡単に買えたし、いざとなればプライベートジェットさえ購入できた。

ヴィエナは、僕がどれくらい資産を持っているのか知らない。父親も妹もそれほど知らないと思う。金をばらまくより質素に暮らすほうが好みだが、金自体はたくさん持っている。価値のない人間だったと思い知らされたことが、懸命に働き、己の能力を証明する原動力になったのだ。

オーリン・コールフィールドはサキの命を軽々しく奪った。しかも自分の財産を守るため、僕も始末しようとした。

ジャスパーはそういう傲慢さを嫌悪し、オーリンと同じくらい裕福になりたかった自分を軽蔑していた。少なくとも、オーリンには自分の過ちを理解してもらう。

オーリンが戻ってくるまでここにいられれば、そうできたかもしれないのに。

家を片づけ、荷物をまとめてから外に出たとき、大粒の雨がヴィエナのスケッチブックに落ちていた。

〝そこに立って〟と今朝、彼女は言った。

そして色鉛筆を動かしては流れるように色を交換

し、何度も視線をこちらに戻しながらうっとりとした表情を浮かべていた。

ヴィエナの視線がそそがれる間、動かずに立っているのはエロティックな気分だった。ジャスパーは我慢できないほど興奮し、彼女の手からスケッチブックを奪って二階へ運んだ。

僕は二人の情事を実際以上のものにとらえ、麻薬に溺れるように快楽に溺れていた。僕たちは窮地に陥っているときに結ばれた。一時でも己の問題から解放されるのは、このうえない快感だった。それだけだ。

ヴィエナのスケッチブックを見た。すばらしい絵だったが、ジャスパーは不安を覚え、落ち着きを失った。描かれていたのは自分だったが、彼には見覚えのない姿だったのだ。僕は本当にこんなに筋肉がついているのか？　ジャスパーは鏡に鍛えた体を映して自己満足する男ではなかった。この一年は農作業を手伝っては食事と寝床を提供してもらうという、無駄な時間を過ごしていた。

ここに来てからは毎日三食を平らげ、緊張をほぐし、疲れてから眠ろうとトレーニングに励んでいた。しかし、いつの間にかTシャツが筋肉に張りついていることに気づいていなかった。

背景の柵や梢のせいで、絵のジャスパーは実際よりも大きく見えた。つけられたかすかな陰影は見えない鎧をまとっている印象を与え、力強さを感じさせた。

この一年は獲物になったような、手足を縛られ銃を突きつけられているようだったから、強靭な自分を目にするのは奇妙な気分だった。

チリに向かう前は野心的で、自分に自信を持っていた。だが、今はさらに非情にもなっていた。

唇に雨粒があたり、ジャスパーはもの思いから抜け出した。

スケッチブックと色鉛筆を家へ持ち帰り、テーブルの上に置いておこうとした。しかし車庫に荷物を運んだとき、その中にはスケッチブックがあった。

一週間後、ジャスパーは〈レムエックス〉の会議室の外に立ち、役員たちが集まるのを待つ間、携帯電話である動画を眺めていた。

〝私の元夫は不満を抱いた結果、ああいう行動をとったのです〟トフィーノを去ってまもなく、ヴィエナは記者会見を開き、ニールの誹謗中傷について説明した。〝ジャスパーと私があの別宅に滞在していた理由は同じでした。私たち二人には、つらい時期に一人になれる時間を必要としていたのです〟

すると、ニールはヴィエナの不妊症を暴露した。アメリアによれば、彼女はすぐに反撃に出て、家族のプライバシーに関する秘密保持契約を破ったとして、〈ウェイヴ・コム〉にニールを解雇させた。彼は住んでいたコンドミニアム、社用車、会社が契約する携帯電話などの役得をいっきに失ったわけだ。

ジャスパーは、あのろくでなしを徹底的に追いつめたヴィエナを心から誇りに思った。

現在、彼女はドイツにいて、豪華な結婚式に出席している写真が報道されている。結婚式は豪華なホテルで執り行われ、どの写真にもヴィエナは笑顔で美しく写っていた。裸足で家の中を歩きまわり、髪をポニーテールにして化粧をしていなかった女性とは全然違う。写真のヴィエナは上品なドレスを着て、耳にダイヤモンドをつけていた。タキシード姿のレミー・シルヴェインがそんな彼女に腕をまわし、愛情をこめてほほえみかけていた。

僕には関係ない、とジャスパーは自分に言い聞かせて動画の視聴をやめ、腹の底の不快感を無視した。

ヴィエナは前に進んだ。それはいいことだ。僕たちは将来の約束などしていなかった。

しかし、ジャスパーはその事実に苦しんでいた。

「どうしました？　全員がそろいましたが」彼の新しいアシスタントが告げた。

全員ではない。〈レムエックス〉の最高経営責任者であるオーリン・コールフィールドや数人の役員は、オンラインで参加していたからだ。ジャスパーが紹介された瞬間、彼は嘲笑した。

「おまえが〈キーディ・ホールディングス〉代表だったのか？」ジャスパーがカナダに戻ってから設立した会社について、オーリンが言った。「ここ数週間、我が社の株を買い占めている会社にはなにかあると思っていたよ。役員諸君、これは買収の申し出ではない。会議は一時中断だ」

「これは買収の申し出だ」ジャスパーは席につかずにきっぱりと言った。「役員会はすべての真剣な申し出を検討することが義務づけられている。だから、一時中断はなしだ」

「どこまで真剣に考えているんだ？」オーリンがせせら笑った。ジャスパーが金額を口にすると、全役員が背筋を伸ばし、顔を見合わせた。

「株主は喜ぶのではないかな」ジャスパーはなにもかもわかっているという顔で言った。「こちらに多くの条件を出すつもりはない。唯一の条件は過去五年間の環境監査だ。それと、サキ・メリーリャの死について第三者に調査してもらいたい」

何人かの顔から表情が消え、画面のいくつかが暗くなった。

「ばかげている」オーリンが口を開いた。「おまえは重大な安全基準違反を犯そうとしている。刑事責任を問われてもおかしくないぞ」

「違うな、オーリン。刑事責任を問われるのはおまえだ」ジャスパーは周囲にいる不快そうな表情の人々を見た。「私は役員の諸君に、彼をCEOから降ろすよう強く提案する。ただちにだ。さもなければ、私がCEOになった瞬間に彼をくびにする。やましいことがない者は、私の買収とそれに伴う調査に賛同してくれるだろう。やましいことがある者は役員を辞めて私に株を売り、犯罪人引き渡し協定のない国に逃げればいい。私と争うつもりなら、弁護士費用を払えるかどうか考えたほうがいいぞ」

話を聞いて、役員たちが声をあげた。彼らはみな、互いに顔を見たり、石のような表情のオーリンに不安そうな視線を投げかけたりしていた。

「特別決議が必要かな?」ジャスパーはたたみかけた。「ジャスパー・リンドールに会社を売却することに賛成の方は手を上げてください。三分の二はいそうですね?」数を数えながらアシスタントに言う。「僕のほかの部下を連れてこい。この取り引きを終わらせよう」

8

ドイツから帰国して二週間以上たつのに、ヴィエナはまだ時差ぼけが抜けない状態が続いていた。

いろいろあったせいだと、彼女は自分に言い聞かせた。憂鬱になるのは当然だけれど、以前にも悪評や中傷なら乗り越えてきた。でも今回は違う。ジャスパーのこと、二人の関係が終わったことで心が痛くてたまらない。

彼は傷ついていないように見えた。そして記者会見でこう発表した。〝友人で通訳だったサキ・メリーリャが殺されたことを考えて、私は自身の命も危ないのではないかと心配になったのです。カナダに戻った今は〈レムエックス〉と協力して、サキの死

に本当に責任があるのは誰なのかを突きとめ、必ずその責任を追及してみせます〞

ジャスパーは同じ内容を〈レムエックス〉の役員会でも述べ、敵対的買収で会社を買収すると、そもそも彼らが行うべきだった調査を強行した。報道によればジャスパーは暗号資産にいち早く目をつけ、長年にわたるマイニング投資で巨万の富を築いたという。役員会は彼の成功を知って、会社の買収と最高経営責任者(CEO)への就任を承認した。

オーリン・コールフィールドは即刻解任されたが、この一件に〝非常に関心を寄せて〟いて、〝大変協力的〟だと言われていた。彼はまだ国外にいて、殺人罪から逃れようとしていた。

それは誰のせいなのか？　私だ。

ヴィエナはうめき声をあげ、ソファに横たわって腕で目をおおった。罪悪感で死にそうだった。計画をだいなしにした私を、ジャスパーは決して許さないだろう。二人の関係が世間に知られなければ、少なくとも友人として別れられた。もしかしたら、のちにまたつき合えたかもしれない。でも、もうそんな幸運はありえない。

ヴィエナは自分がしたことに愕然(がくぜん)とし、苦悶(くもん)するあまり、ジャスパーと顔を合わせられなかった。アメリアからバンクーバーに招待されても、彼が住んでいると知っていたので躊躇(ちゅうちょ)していた。

ジャスパーの反感や非難には耐えられなかった。

離婚後の恋愛について書かれた本には、しばしば激しく欲望が高まる場合があり、関係が終わると地獄のような苦しみを味わうとあった。しかし、ヴィエナのつらさはそれ以上だった。疲れきっているのは貧血のせい？　それに胃の調子もよくない。

ストレスのせいだと思いこもうとしていた昨日、離婚が成立した。彼女は書類にサインし、ニールは永久に姿を消した。大喜びしてもよかった。

私は医者に診てもらったほうがいいのかもしれない。移動とストレスで、おそらくウイルスに感染したのだろう。トフィーノの森を歩いてシカダニに噛まれたか、蚊に刺されたのかもしれない。

ヴィエナは医者が大嫌いだった。予約を取ろうと思っただけで、不妊症の治療をしようとしたときの記憶がよみがえった。また痛みに耐えたり、詮索されたり、説教をされたりするのはごめんだった。

ちょっと待って。

すばやく立ちあがりすぎて、頭がくらくらした。最後の生理がいつだったか思い出す前に、希望と恐怖で胃がねじれそうになった。

彼女は頭をかかえ、頭の中を整理しようとした。

最後に生理がきたのはトフィーノへ行く前――二週間前だった。弁護士に会いに行ったとき、ひどく腰が痛かったのをはっきり覚えている。その日はニールと別居してちょうど一年目だった。

ありえないわ、とヴィエナは自分に言い聞かせた。医者もそう言ったもの。何人もの医者が。

しかし、理論上はありうる。避妊具は破れたことがあった。

もし妊娠していたら、ジャスパーにとっては厄介な問題になる。彼は避妊具が破れて動揺していた。私が計画をだいなしにする前から、危険を冒したがってはいなかった。赤ん坊なんて望むわけがない。

でももしかしたら……。

興奮とおののきの中、心臓が大きく打った。浴室の棚に妊娠検査薬はまだあった？　脈が激しすぎて、ヴィエナは立ちあがったら気を失いそうで怖かった。

ありえない。そんなわけはないわ。

何度か深呼吸をして、彼女は確かめに行った。

「やっと離婚できたのね！　だからそんなに輝いて

いるんだわ」ヴィエナがドイツで買ってきた子供服や歯固めを渡すと、アメリアがペイトンの背中を軽くたたきながら言った。

ヴィエナは本当のことを打ち明けなかった。たとえ激怒されるとしても、赤ん坊の父親が先に知るべきだと思ったからだ。

一人で赤ん坊を育てる覚悟はできている。伝えるのは、あくまで家族ぐるみで親しい間柄なので赤ん坊の存在はいずれ知られると思ったのと、将来不測の事態に見舞われる場合を考えての判断だった。

とはいえ、もしジャスパーが一週間以内にサンテイアゴに発つとアメリアが先日電話で言わなければ、ここへ来るのはもう少し遅かったかもしれない。

ヴィエナはさりげなく切り出した。〝ジャスパーが出発する前に、彼と会う予定はある？　今週末、あなたを訪ねようと思っていたんだけど。ボラボラ島でのことをいろいろ聞きたいし、大好きな姪にも会いたいし〟

〝ボラボラ島は最高だったわ〟画面の中でアメリアがウインクをした。〝あなたが来るなら、兄を夕食に招待するわね〟アメリアの声に好奇心がこもった。〝きっとあなたに挨拶したいはずよ〟

〝彼が忙しくなければ、また会いたいわ〟ヴィエナは親しみやすい口調にほかの感情がまじらないよう努めた。ハンターとアメリアには、ニールが二人の関係を誤解していたとしか話していなかった。

たぶん、ジャスパーも同じだろう。というのも、昨夜ヴィエナがバンクーバーに到着したとき、アメリアはジャスパーの話をほとんどしなかった。

それでもヴィエナはろくに眠れず、今も緊張していた。時計をこっそり見ながら平静を装うのに必死だった。

ペイトンが大きくげっぷをした。

「叔母さんにありがとうって言ったのね」アメリア

がにこにこしている赤ん坊の顎をふいた。「叔母さんをちゃんとハグしてあげて」赤ん坊をヴィエナの膝にのせ、吐いたとき用のタオルを渡した。赤ん坊の足が腿に食いこむ感覚を楽しみ、髪を強く引っぱられても気にしなかった。

もうすぐ私にもよだれでべとべとのキスをしたり、体をはずませたりしてくれる、小さくて力強い存在ができるのだ、と彼女は思った。

受診した産科医はヴィエナの妊娠を確認し、流産の恐れはないと断言してくれた。それでも妊娠するまでの道のりで何度も失望を味わってきたせいで、彼女は今回の奇跡が続かないのではないかと心配せずにいられなかった。

けれど赤ん坊はいとこのペイトンに似ているのかどうかを考えると、不安は期待に吹き飛ばされた。血縁ってなんて神秘的なの!

そのとき、ドアベルが鳴った。

「兄が来たわ」アメリアが出迎えにドアへ向かった。

ヴィエナはペイトンを抱きしめて気をしっかり持とうとしたものの、新たな緊張に襲われていた。ジャスパーには会いたくてたまらないけれど、不安でいっぱいだった。妊娠はもちろんのこと、彼は私を見てどんな反応をする?

玄関で言葉を交わすきょうだいの声が聞こえた。ジャスパーの声色が耳に届くと、ヴィエナの背筋に興奮の震えが走った。

アメリアが兄を居間へ案内したので、ヴィエナは神経質になって息をするのも忘れた。

「ハンターは書斎にいるわ」アメリアが言った。「新婚旅行中にたまった仕事を片づけてるの。私が行って、社交の時間だと伝えてくるわね」

「急がなくていいよ」ジャスパーは言ったが、アメリアはすでに階段を小走りで下りていた。「ヴィエナ」ジャスパーが挨拶代わりによそよそしく会釈した。「また会えてうれしいよ」

ヴィーじゃなくヴィエナだ。彼女は口が乾いた。

全身がジャスパーに反応していた。彼は髪を切り、ひげをきちんと整えていた。スーツのズボンにストライプのボタンシャツを合わせ、磨きあげられた靴をはいている。

とてもよそよそしく見えるのは服装のせい？　いいえ、引き結ばれた唇ともの憂げな目のせいで、以前にも増してぶっきらぼうに感じる。それに、最初に会った日よりもさらに私を警戒している。

それでも、ペイトンを目にすると表情がわずかにやわらいだ。ジャスパーの口角がかすかに上がり、ヴィエナの胸の中で大きな希望がふくらんだ。だが冷ややかな青い瞳にふたたび見据えられると、背筋が凍りついた。

「会えてよかったわ」淡々とした決まり文句を言う声はうわずっていて滑稽だった。ヴィエナは後ろを振り返った。アメリアはすぐにでもハンターを連れて戻ってくるはずだ。「話したいことがあるの」

ジャスパーが問いかけるように眉根を寄せた。

ペイトンをかかえたまま、彼女は立ちあがった。どうにかジャスパーのほうに近づきながら、やさしさと理解を示してくれたかつての彼をさがしたけれど、見えたのは敵意だけだった。

「言いにくいんだけど」また後ろに目をやる。「私――」

アメリアとハンターの声が螺旋階段の下から聞こえ、ヴィエナは先延ばしにしたい気持ちに負けそうになった。でも、私はジャスパーに伝えるために来たのだ。彼には知ってもらいたい。

「妊娠しているの」彼女は小さな声で告げた。

「君が……」ジャスパーが驚愕し、体をのけぞらせて固まった。鼻孔だけが動いていて、まだ息をしているのがわかった。「どうやって？　なぜ僕に言う？　君は僕が――」彼が指を自分の胸につきつけてから手を下ろした。言葉を切ったのはアメリアとハンターが現れたせいだろう。

部屋に漂う緊張感に、夫婦が立ちどまった。ヴィエナはペイトンを見つめる以外、どうしていいかわからなかった。この張りつめた空気を無視できるのはありがたかった。本当は体を揺らし、こぶしに歯を立てたくてたまらなかった。

顔にはジャスパーの憤怒のまなざしがそそがれていた。ハンターの視線が妹から義兄に、また妹に移る。

「ジャスパー」ハンターの口調には警告がこもっていた。「週末も仕事だったのか？」

「ああ」ジャスパーが挨拶としてハンターの手を握った。

「なにか飲むか？」ハンターがバーコーナーへ向かった。

「二人がすでに知り合いだったなんて、おもしろいわね」手を伸ばしてきた赤ん坊を抱き取りながら、アメリアがヴィエナとジャスパーに視線をやった。「二人がここにいるのが夢のようよ。知ってる？　行方不明だった間でも、いつか兄は私の新しい家族と一緒に食事をしてくれるんだって私は疑ってなかった。それがこうしてここにそろったわ」

「僕たちはここにいられない」ジャスパーがきっぱりと言った。

アメリアががっかりした。「えっ？」

「ジャスパー」ヴィエナはやさしくたしなめた。

「ヴィエナと僕には話があるんだ」ジャスパーが言った。

「なにを話すの？」アメリアがきいた。

「僕の書斎を使うといい」ハンターが階段に向かって手を振った。

「いや、僕の家へ行こう。すまない、アメリア」ジャスパーは妹の頬にキスをしようとしたが、アメリアに押しのけられた。

「ママ特製のミートローフを作ったのに。兄さんが頼んだから」アメリアはいらだたしげだ。

「冷凍できるものでよかったよ」ジャスパーがつぶやいた。「行こう」ヴィエナに顎をしゃくる。

「あとで食べるわ」ヴィエナはアメリアに約束した。まだ私が生きていれば、だけれど。

そう言うとアメリアのショックを受けた顔と、自分の兄の疑わしげで険しい表情に目をやり、ジャスパーを追ってドアから出ていった。

「あそこでも話せたのに」ジャスパーが自宅のペントハウスに向かって車を走らせる間、ヴィエナが隣で彼に言った。「二人にどう思われたか」

「あの二人がどう思うかを気にしていたのか？」

ヴィエナが殴られたように息をのんだ。「そんな言い方は不公平だわ、ジャスパー。妊娠を伝えたときは気にしている余裕なんてなかったの」

「君は妊娠できないと思っていたんだから、そうだろうな」彼自身はまだショックを受け、だまされた気分だった。怒りの後ろにはずっと前に封印したはずの感情もあって、その感情も抑えつけながら妊娠を受け入れようとしていた。

「あなたに嘘をついたわけじゃないわ！　ニールが――」ヴィエナが苦悶の表情で目を閉じた。

彼は心の中で悪態をついた。相手がなにを言おうとしていたのかはわかっていた。残酷にも、ニールは結婚生活の詳細を世間にぶちまけていた。妊娠できなかった現実に打ちのめされたヴィエナの姿なら、目のあたりにしていた。きっと長い間、赤ん坊を授かるために必死に努力していたに違いない。

謝罪の言葉をさがしていると、彼女がドアハンドルを握って言った。「降ろしてくれる？」

ジャスパーは平静を保ちつつアクセルをゆるめたものの、違法な左折をしてペントハウスまで近道をした。

車をとめ、助手席側に向かったが、ヴィエナはドアを勢いよく開けて降り、地下駐車場にあるエレベーターに無言で向かっていった。

ヴィエナは本当に健康そうだった。妹の家のソファで赤ん坊に温かくほほえみかける彼女は、髪を下ろして最小限の化粧しかしていなかった。ブルージーンズがヒップに張りつき、ボヘミアン風のブラウスが胸を包みこんでいるさまもすてきだった。最初に見たときは、初秋の変わりやすい気候にぴったりだと思った程度だったが、今はヒップまでおおうゆったりとした、さりげなくおしゃれなマタニティ用ブラウスなのに気づいていた。

僕はどうすればいいのだろう？

この一カ月は仕事に没頭し、サキの死についての調査を進めながら〈レムエックス〉の買収を完了させた。オーリンがまんまと逃げおおせたことを、僕はヴィエナのせいだと考えているのか？　違う。僕が誰なのか気づいたのは、彼女ではなくニールだった。僕は土壇場で計画変更を余儀なくされたものの、〈レムエックス〉を買収することはできた。

憤慨しているのは、ヴィエナの顔がどうしても頭から離れず、眠れない夜が続いているせいだった。インターネット上の自分に関する記事には必ず、ヴィエナの記事も一緒に並べられていた。二人の名前がそろっていれば確実にクリックされると、ＡＩは判断しているのだ。

妹もヴィエナの名前をひんぱんに口にした。

〝彼女がドイツから帰ってきたの〟

〝美術展のチケットをくれたのよ〟

〝離婚が成立したんですって〟

〝今週末、ヴィエナが遊びに来るから、夕食を一緒にとらない？〟

今の状況を終わらせるために、ジャスパーは行くと返事をした。彼とヴィエナはハンターとアメリア、そして世間に、二人はただ一つ屋根の下に三日間暮らしていただけだと納得させていた。不都合なことはなにもなかったのだと。

夕食をとる間だけ、もう一度納得させられるだろうか？　一週間以内にサンティアゴに発つから、しばらく彼女と顔を合わせる機会はないはずだ。

ヴィエナと再会すれば、トフィーノで自分たちをとらえていたものが幻だったとわかると期待していた。彼女に会うまでの時間を指折り数えて落ち着かなかったときに、自分をごまかしていたと気づくべきだったのだ。妹夫婦の家に入った瞬間、ジャスパーはヴィエナの存在をはっきりと感じ取った。それまでにない方法で五感がふたたび目覚めていた。

体に力がみなぎってきたジャスパーは、ヴィエナが不安そうに目を見開いているのに気づいた。彼がなにをするかわからず恐れおののいていても、真っ向から向き合おうとしているのはわかった。

彼はなにもしなかった。というより、できるだけ中立でいようとした。しかし妹が姿を消し、ヴィエナが近づいてくると、過去の記憶のせいで下腹部が欲望で締めつけられた。

とはいえ、ヴィエナの衝撃的な告白はすべてを吹き飛ばした。

「すてきなところね」エレベーターから玄関ホールへ降りたヴィエナが言い、ジャスパーは我に返った。

ここは古い建物だった。だがバンクーバー港とスタンレーパークが一望でき、内見したときにひと目で心を奪われたのだった。

彼女もしばらく窓からの眺めに見とれていたが、ガス暖炉の上に飾られているものを見て固まった。

「なぜ額に入れてあるの？」マット加工をされたガラス板の奥にある、ペイトンのスケッチ画に歩いていった。

「気に入ったからだ」額装するにはかなり苦労したが、本当にいいと思っていたし、描かれているのが姪なのも好ましかった。「どうすればよかったんだ？　磁石で冷蔵庫に張りつけておけばよかったのか？　なにか欲しいものは？」ジャスパーはサイドボードに向かい、ウイスキーをグラスに注いだ。

「私、財布も携帯も持ってくるのを忘れたわ」ヴィエナが空っぽの両手を見た。「ありがとう、でもお酒はだめなの」おなかを指し、腕組みをした。「ええ、父親はあなたよ」彼女の声は震えていた。「あなたに妊娠したと言う理由がほかにある？」

ジャスパーは数億でも理由を思いつけた。彼がカナダでもっとも裕福な独身男性となると、驚いたことに、おおぜいの女性が身を投げ出してきた。

「君はヨーロッパのあちこちを訪ねていただろう？　誰とつき合っていても僕にはなんの関係もないが、君のおなかの子の父親は別の男の可能性もある」

「本気で言ってるの？」ヴィエナが息をのんだ。「あなたはどうか知らないけど、私は誰ともつき合っていない」彼女の唇が引き結ばれ、頬がこわばった。「もちろん、あなたが誰とベッドへ行ったとしても、私にはなんの関係もないわ」

そんなふうに自分の言葉を投げ返されても当然だと、ジャスパーは思った。それでもまだ腹がたっていた。「僕も誰ともつき合っていない」彼はきっぱりと答えた。ヴィエナのことを忘れられなかったからだ。ウイスキーを大きくあおる。「どうして妊娠したのか話してくれ」

ヴィエナがおもしろくなさそうに笑った。

避妊具が破れていたからだ、とジャスパーは思い出した。まざまざと記憶がよみがえってきた。

予想外の妊娠という言葉が、頭に冷たい亡霊のように思い浮かんでいた。ヴィエナは妊娠できないと言っていたから、そういう事態になるとは考えもしていなかった。

今、彼女は腕をさすりながら数歩進み、ふたたび窓の外を眺めていて、ジャスパーは押しよせてくるとてつもない感情の波をやり過ごした。

「産科医は、なぜニールではなくあなたとなら妊娠できたのか説明できなかった」ヴィエナが動揺した低い声で言った。「ストレスがなかったからかしら？　ニールと離れてからはよく食べ、よく眠るようになったし、前より幸せだった。少なくとも不幸ではなかったわ。医者は、それが私の体によかったのかもしれないと言った。そして不妊症だと告げられた女性が、努力をやめたあとで妊娠した例が世界じゅうで報告されていると教えてくれた。自然の摂理は神秘的だと。プレッシャーから解放されたのもよかった、とも言われたわ。相手との相性もあるとも」ヴィエナの頬が赤くなった。

そう、二人の相性は特別だ。ジャスパーは妊娠の知らせを完全に受け入れられずにいながらも、彼女に惹かれる力は感じていた。赤ん坊が欲しくないわけではない。どちらかというと望んでいなかっただけだ。

「なぜ妊娠したのか、本当の理由はわからない。でも、妊娠は本当なの。そして父親はあなたなの」

「そうか。それで？」彼は耳鳴りがして、ヴィエナがまだ言っていないことを必死に聞き取ろうとした。答えが聞きたい内容でなかった場合を考えて、自分から尋ねようとはしなかった。

僕はどんな答えを聞きたかったんだ？

ヴィエナがうつむき、顔色が悪くなった。何度もまばたきをしてから、マントのように気高さを身にまとって背筋を伸ばした。「私の妊娠が、あなたの望んだことじゃないのはわかっているわ。でもあなたには知る権利があるから、知らせたの」

なにを知る権利があるって？　耳鳴りがひどくて、ジャスパーにはろくに聞こえていなかった。

「あなたに義務を負わせるつもりはないわ。私一人でも子供を育てる力はちゃんとある」彼女が続けた。

「君は産むつもりなんだな」体に力が入らず、魂が抜けてしまった気分だった。

「ええ、当然でしょう？　私がどんなに赤ちゃんが欲しいか知ってるくせに、どうしてそんなことを言うの？」ヴィエナの目には涙が浮かび、声は震えていた。「私はこの子を絶対に産みたい」

飲み物に口をつけながらも、ジャスパーの全身はまだ麻痺していた。その言葉をどれほど聞きたかったか、理解していなかった。その言葉がどれほど深い影響を自分に与えるかにも気づいていなかった。心にめぐらせた壁を越えて、大きな感情の波が彼に襲いかかっていた。

これは現実なのだ。僕は父親になる。ジャスパーは足をすくわれた気持ちだった。彼の人生は根本から引っくり返っていた。

「あなたが喜んでくれたらいいのにと思っていたけど……」ヴィエナが頬の内側を噛んだ。「どうか怒らないで。ジャスパー、私はあなたに迷惑ばかりかけているけれど、そんなつもりはないの。本当よ。この子は一人で育てるわ。あなたはいっさいかかわらなくていい。父親だと誰にも言いたくないとしてもかまわない。大丈夫、わかってる――」

「冗談じゃないぞ、ヴィー。君が赤ん坊を産むなら、その子は僕たちの子供だ。今回は百パーセントかかわらせてもらう」

9

「な……なんですって？」ヴィエナは唇の感覚を失った。ジャスパーは赤ん坊を望んでいるらしいとわかると喜びがこみあげたけれど、それから深い混乱に襲われた。「どういう意味、〝今回は〟って？」

彼は苦悩の表情を浮かべ、顎が引きつらせていた。

「なんてこと」彼女の体に嫉妬が槍のように走った。「あなたにはもう子供がいるの？」情報を理解しようとする。ひょっとしたら、ジャスパーはその子供の人生からなんらかの形で締め出されたのかもしれない。

でも、彼は私が独占欲を抱くべき相手でも、同情するべき相手でもない。

とはいえ、私たちがおなかの子の父親と母親なのは変わらないのだ。気づいた瞬間、ヴィエナはジャスパーにそう伝えたくなった。彼がどう反応するかはわからなかった。心の中では自分と喜びを分かち合ってくれたらと願っていたけれど、同時に平然と拒絶されることも覚悟していた。

おなかの子の人生にジャスパーがどれほどの役割を果たすのか、考えたことはなかった。かかわるかどうか選んでもらいたいとしか思っていなかった。すでに子供がいるかもしれないとは想像もしていなかった。

「いや」ジャスパーがグラスを脇に置いた。「そのときできた赤ん坊は生まれなかったんだ」

「いつ？」ヴィエナはとっさにきいた。「つまり、なにがあったのか知りたいの。私のおなかの子への反応に確実に関係しているから」ヴィエナはソファに腰を下ろした。

「そうだな」ジャスパーが硬い口調で認めた。「母を亡くした直後だ」またウイスキーをひと口飲む。「父とアメリアは打ちのめされ、僕の未来も暗かった。ガールフレンドとは必ず避妊具を使っていたんだが……」

「だからあの日、あんなに動揺していたのね」それでニールが現れる前から彼は心を閉ざし、私によそよそしかったのだ。

「二度と同じ不注意はしないと誓っていたのに、僕と君は愚かにも妊娠の危険を冒した。あの日はアフターピルを買ってくると言おうとしたんだが、妊娠できないと言う君は動揺していて、僕はなにも言えなかった」彼が顔を手でこすった。「どうしてこんなに幸運なんだろうな？」

その口調からはまったく幸運と思っていないことが伝わってきて、ヴィエナは傷ついた。私は宝くじにあたった気分だったのに！「ガールフレンドの決断に、あなたは怒ってるの？」慎重に尋ねる。

「いや、まったく。彼女の体のことだから決断には全面的に賛成している。当時の彼女は僕と同じ十七歳だった。あのときの僕は大きな責任をどう背負えばいいのかわからなかったから、彼女がどんなにおびえていたかは想像できる」ジャスパーがうなじに手をやった。「自分が決断せずにすんでほっとした部分もあった。状況が違っていたら、僕たちは結婚して家庭を持っていたかもしれない」

「彼女を愛していたのね」醜い嫉妬がこみあげて全身に広がり、ヴィエナは心が痛かった。

「十代なりにはね」彼がズボンのポケットに手を突っこんだ。「成長すれば僕たちも大人になれていたかもしれないが、当時はわからなかった。彼女は自分の叔母のところに行き、僕は――」悪態をつき、顔をそむける。「彼女は叔母に、中絶を決めたと僕のところに言いに来させた。怒った僕に責められると思ったのかもしれないな。それがずっと引っかかっているんだ、彼女が言いに来なかったことが。僕は彼女の理想の男じゃなかったのかもしれない。今思えば、彼女の叔母の意思だったんだろうが」

「なにがあったの？」冷たい指に背筋をなぞられたように、ヴィエナは肌が粟立った。

ジャスパーの硬い表情には葛藤と厳しさがにじんでいて、昔の経験が彼をどれほど苦しめつづけているかを物語っていた。

「彼女は将来のある身だ、と叔母は言った。そこに僕は含まれないと」ようやくヴィエナを見たとき、ジャスパーの目にはなんの感情もなく、表情は険しかった。しかし、彼がその言葉に傷ついているのがわかった。

「ひどすぎるわ、ジャスパー。あなたはすばらしい人なのに」とても思いやりがあって、善良で、寛大な人なのに。

「昔の話だ」青い瞳が細く鋭くなった。

「私はあなたを締め出そうとしたわけじゃない」ヴィエナは訴えた。「妊娠したなんてまだ信じられないわ。あなたに知ってほしかったのは正しいことだと思ったからだけど、あなたがどう反応するかは見当もつかなかった。〈レムエックス〉に対する計画が私のせいでうまくいかなかったのを考えると、なにも期待できる立場じゃないと思ったの」

彼女はひたすら、ジャスパーが自分と同じく妊娠を喜んでくれることだけを願っていた。でももしかしたら、喜んでくれる以上のことも願っていたのかもしれない。

「僕は自分の力を信じている」彼が強く言った。「君と同じくらい子供に対しては義務があるし、その子を身ごもっている女性に対しても義務がある。僕は二人に責任を負っているんだ。だから今から行動するよ。君の離婚は成立しているんだな？」

「ええ。でも……」ヴィエナは震える指を立てた。

〝義務〟という言葉で頭はいっぱいだった。「離婚は成立したけど、それまで何年もかかった。私は自由になりたくて必死に闘ったの。誰かのためにその権利を放棄するつもりはないわ」

「僕は〝誰か〟じゃない、君のおなかの子の父親だ。アメリアと話をしてみるといい。赤ん坊は二十年間、君の人生の中心になるんだぞ」

「わかってるわ！」ヴィエナは覚悟をしていた。「あなたをかかわらせないなんて言ってない」両手のつけ根を目に押しあてる。「私が妊娠したと言ったとたん、ここに連れてきて、今後の話なんてしないで。私には考える時間もなかったのよ」

「なにを考えるんだ？　情報が多ければ決断が変わるという話でもないのに。君は赤ん坊が欲しくて、僕も同じだ。それなら協力して我が子が最高のスタートを切れるように全力を尽くすのが、人として基本的な考え方だろう」

「どうやって？　あなたはなにを言いたいの？　愛のない結婚がしたいとか？　私は一度経験したからごめんだわ。あなたも望んでないでしょう」ヴィエナはうわずった声で言って目をそらした。

彼はまだアナリースを愛しているの？　気持ちが残っている？　ヴィエナはつらくてたまらなかった。

彼が顎に力をこめた。「君の結婚には愛以外にも欠けているものがあった。話を聞く限り、最低限の敬意が。僕と君の間にはそれがある」

「そうかしら？」彼女はそっけなく尋ねた。「あなたは、私が別の男性の子をあなたに押しつけようとしていると非難したのに？」

ジャスパーがため息をつき、眉間をつまんだ。

「あれは妊娠に驚いたからだ。僕は働いていた会社に友人を殺され、その罪を着せられそうになったせいで、ついすべてを疑ってしまうんだ。だが、それは君のせいじゃない。謝るよ」

ああ、公正なジャスパーは自分の失敗を認めた。

ヴィエナは両手に顔をうずめて、彼と距離を置く理由を考えようとした。

「僕たちはどちらもこの子を望んでいるじゃないか、ヴィー」

「だからって、夫婦としてうまくいくとは限らないわ」

「必ずうまくいくとも」声は苦々しく、皮肉に満ちていた。「いきすぎるくらいに」

トフィーノのことを思い出させるジャスパーの言葉に、彼女は眉をひそめた。彼の低い口調に腿のつけ根が震える。熱をおびた視線は赤ん坊を授かった経緯を思い出せと訴え、快楽を約束していた。

ヴィエナは体が熱くなった。

「アメリアとハンターの結婚はうまくいっている」ジャスパーが言った。

「たしかに兄はアメリアを愛するようになったわ。愛さずにいられない完璧な人だもの」私は違うけれど。心に鋭い痛みが走る。ヴィエナは愛されたいと心から望んでいた。

「僕は妹ほど温かな愛情を持ち合わせていない。ずっと一人で生きていきたいと思っていたが、子供から離れるつもりはない。僕たちは努力して赤ん坊を一緒に育てる義務がある。僕が君や赤ん坊にかかわりたがらないと、本気で思っていたのか？」信じられないという声には傷ついた響きがあった。「それなら話さなければよかったんじゃないか？」

ジャスパーに妊娠を告げた本当の動機に気づいて、彼女の胸は締めつけられた。天井に目をやり、話すのを何カ月も先にできたのを認める。父親はヨーロッパで出会った人だとか、精子を提供してもらったとかと嘘(うそ)をつくこともできた。

ジャスパーに話したのは、彼に会う口実が欲しかったからだ。ジャスパーがまだ自分を求めているかどうか確かめたかった。

でも彼が本当に欲しかったのは私ではなく、赤ん坊だった。

それでも、とてもうれしかった。できれば一人で妊娠を切り抜けたくなかった。「あなたにはこの子にかかわってほしいと思ってる」ヴィエナはおずおずと言った。「ただ、どの程度かわからなくて」

「では言っておく。千パーセントかかわるつもりだ」

「ジャスパー、自分の言ってることをよく考えて。あなたは私の人生を知らない」彼女は動揺しながら立ちあがった。「ウェイヴァリー家の騒動は見聞きしているでしょう？　本当に厄介だったわ。アメリアにきいてみたら？」携帯電話を指し示した。

「それが心配なのか？　メディアに悪く書かれるのを僕が恐れると思っているのか？」

「きっとそうなるわ」ヴィエナは経験した苦しみをこめて答えた。

「僕は絶対に気にしない。赤ん坊が最優先事項になったからには」

彼女はかぶりを振った。「簡単に言うけど、あなたはほんの二十分前に知ったばかりでしょう？」

「君も同じだろう」ジャスパーが挑発した。

そのとおりだ。それでも彼女は、結婚していないことを理由にメディアが赤ん坊を誹謗中傷するかもしれないと心配していた。「あまりにも急なことだから、少し時間をかけない？」ヴィエナは懇願した。

「妊娠を三カ月間、内緒にしておく人もいるでしょう？　ほら、万が一――」それ以上は言いたくなかった。

「なにかあるのか？　気分はどうだい？」ジャスパーがヴィエナの前に立ち、気を失いそうな彼女に手を差し出した。「もっと前にきけばよかったな」

「なにもないわ」当惑したように笑い、ヴィエナはその手を握ろうとした。しかしおぼつかない笑顔の奥には、ごまかしきれない暗い恐怖があった。

「なにかあるなら言ってほしい」ジャスパーが顔をしかめた。

「別にないわ。本当よ。お医者さまにはなにもかも順調だと言われてる。でも、私の体は妊娠しにくかった。だから喜びすぎてしまうと、また失敗するんじゃないかと不安なの。ばかみたいだとはわかっていても」彼女は顔を上げ、根拠のない恐怖を恥じた。

「いや、理解できるよ。君がそうしたくないなら、世間に公表するのはやめよう。二人だけの秘密にしておきたいのなら、それでいいよ」ジャスパーがうなずいた。「体は平気かい？　気分は？」

彼がすんなりとこちらの願いを受け入れてくれたので、ヴィエナの胸は大きく打った。「大丈夫よ」彼女はどうにか笑みを浮かべた。「妊娠初期としては普通みたい。吐き気はするし、疲れやすいし、味覚も少し変わったけど、どうということはないわ」

「よかった」ジャスパーが思案げにうなずいた。「発表の時期はいつでもいい。君が望むなら、家族にも内緒にしておく。だが、おなかの子は一緒に迎える前提で行動したい。赤ん坊はいつ――」

「五月よ」ヴィエナは震えつつ告げた。本当に重大な瞬間だったけれど、心の準備ができていなかった。

「僕も五月生まれだ」彼の厳しい顔が少しやわらいだ。

「牡牛座ね。頑固な星座だわ」

「そう言われればそうかな。信じてはいないが」

「まあ、びっくり」

二人はかすかな喜びを分かち合った。少なくとも、トフィーノで芽生えた友情関係には戻れるかもしれないという一縷の希望を、ヴィエナは抱いた。

「いろいろあるだろうが、一緒にこの妊娠を経験しよう。一人でかかえこまないでくれ」ジャスパーが重々しい声で言った。

彼は私を泣かせようとしているの？「産むのは私だから、そんなことが言えるんだわ」ヴィエナは冗談を口にした。本当は彼の言いたいことを理解して、深く感動していた。

「僕は君と同じくらい赤ん坊に夢中なんだ」ジャスパーが説明した。

彼女は唾をのみこみ、涙を浮かべた目をしばたたいた。過去に失望し、孤独の中にいたのを考えると、彼の言葉は心強いことこのうえなかった。

「それに赤ん坊が生まれて大変になる前に、互いを知るために今を利用すべきだよ」

「一緒に住みたいの？　ここで？」ヴィエナはあらためてペントハウスを見まわした。アメリアとハンターが近くにいるなら、いいかもしれない。

「いずれはここで。最初はサンティアゴで」

「待って。なんですって？」


「本当にいいのか、ヴィー？」ハンターが、バンクーバーに兄を訪ねてきたときにヴィエナが使う客用寝室のドア口に現れた。「ジャスパーはとてもしっかりした男だと思う。だが一カ月前に二、三日一緒に過ごした程度で、サンティアゴまでついていくつもりなのか？　彼をどれくらい知っているんだ？」

「それなりには」不安を表に出さず、ヴィエナはほほえんだ。昨夜、ヴィエナとジャスパーは夕食に戻ってきて、一緒にサンティアゴへ行くとハンターに伝えた。妊娠は打ち明けなかった。ハンターとアメリアは驚いたが、アメリアはすぐに立ち直って〝二人がつき合うのはすごくうれしい〟と祝福した。

「チャンスがあれば、トフィーノでもっとお互いを知ることができたかもしれないけど」ヴィエナは兄に言った。「ジャスパーは少しの間サンティアゴにいなければならないし、私は融通がきくから一緒に行くほうが理にかなっている。人目を避けて現地の美術館や画廊を見るのが楽しみだわ。もし関係がうまくいかなかったら、帰ってくるつもり」

どうかうまくいきますように。ヴィエナは服をたたみ、〝うまくいく〟とはどういうことなのか考えた。それは愛されることだ。それ以下では納得できない。けれど、自分は誰からも愛されないのではという不安はぬぐい去れなかった。

「昨日、おまえたち二人がここを出ていったとき、ジャスパーはなぜあんなに動揺していたんだ?」

「言ったでしょう」兄に嘘をつきたくなかったので、部分的に真実もまぜた。「ドイツで結婚式に出席したとき、マイカとレミーに〈レムエックス〉でなにか怪しいことが起こっていると話したの。もし彼らがそこに投資しているなら、警告しておこうと思ったのよ。ジャスパーからは自分が株を買い集めている間に、妙な動きはするなと言われたけど」

「レミーは情報源を明かす男じゃない」

「マイカも明かさないと思うわ。どちらもそんなまねをする人じゃない。マイカは持っていた〈レムエックス〉の株をとっくの昔に売っていたし」

「結婚式はどうだった?」

「最高だったわ」思い出して、ヴィエナはにっこりした。「クインとマイカはとても幸せそうだった」

「エデンは?」ハンターの顔が心配そうになった。

「彼女も幸せそうだったわ」ヴィエナはブラウスをスーツケースに入れた。「最後にもう一度、彼女と兄さんを引き合わせたことを謝って、二度とキューピッド役はしないと約束したの」

「よかった。いつまでその約束が続くかは疑わしいが」ハンターがからかった。「そのスーツケースを持っておりようか?」

「ありがとう。私がジャスパーとチリに行くことがそんなに心配？」ヴィエナは唇を噛んだ。
「正確には違う。おまえには近くにいてほしいから
がっかりしているだけだ。遠くにいられると寂しい
よ」
「トロントなら近いの？」
「行くのに十六時間かかるよりは、五時間のほうが
いい。少なくともトロントなら、数カ月に一度は行
っているし」
「感傷的でやさしくなった兄さんが好きよ」彼女は
兄の胸を軽くつついた。
ハンターが妹の髪を撫でた。「おまえには幸せに
なってほしいんだ。本当にいいんだな？」
「確かめる方法は一つしかないから」
兄は納得したようにうなずき、ヴィエナのスーツ
ケースをジャスパーの車まで運んだ。

10

ジャスパーは民間航空機を利用するつもりだった
が、ヴィエナが同行することになったので、プライ
ベートジェットをチャーターした。そして彼女がサ
ンティアゴで医者を見つけるまで、世話をしてくれ
る産科の看護師を雇った。
プライベートジェットにしたおかげで、二人は数
日早く出発でき、落ち着く余裕ができた。彼は、ヴ
ィエナが快適に過ごせるようにしたかった。
父親になる事実を、ジャスパーはまだ理解しよう
としていた。そうなることに対してはずっと二の足
を踏んでいた。幼いころは自分が知っているような、
妻と子供のいる、安定した愛情にあふれる家庭を築

くものだと思っていた。

しかし現実には母親を亡くし、父親の悲しみを目のあたりにし、夫や父親としてふさわしくないと判断されただけだった。そのせいで、二つの役割に自分を重ね合わせられなくなった。それからの数年間は、ベッドの相手をうっかり妊娠させることのないよう細心の注意を払ってきた。

とはいえ、ヴィエナのおなかの子が欲しいかどうかについては迷いはなかった。胸の奥には焦燥が痛いほどうずいていて、今すぐ赤ん坊を抱きたかった。ヴィエナは心底不安そうで、いっそう二人で妊娠を経験し、赤ん坊の世話ができるようにしたくなった。そのためには一致団結しなければ。

僕たちにできるだろうか？　相手に合わせて行動することはあまりないし、するときも自分が相手を引っぱっていた。

ヴィエナと一緒に暮らして家族になることが子供のためになると、ジャスパーは信じていた。それでも、二人の関係には不安を覚えていた。二人はまったく違う世界の人間であるうえ、結びつけている存在といえば赤ん坊だけだ。

いや、命を授かることになった熱い欲望もある。

ジャスパーはそのことを深く考えずにいた。たしかに、ヴィエナに一緒に来るよう誘った理由の一つではあった。妊娠してもセックスはできるのか？まだ尋ねたことはない。これまでは〈レムエックス〉を生まれ変わらせながら、彼女を自分の人生に取り戻す計画に集中していた。

「ちょっときいてもいい？」ヴィエナが小声で言った。看護師はヘッドフォンをつけて映画を見ていた。

「ああ」ジャスパーは眉を上げた。

「どうして――」声は少し当惑がにじみ、残念そうだった。「あなたがどれくらいのお金持ちなのか、教えてくれなかったの？　失礼なのはわかってるんだけど、トフィーノでは〈レムエックス〉のほうが、ずっと力関係では上みたいな印象があったから。あなたがあの会社を買ったと聞いたときは驚いたわ」

「だから、結婚するとなったらきちんとした婚前契約書が必要になる」ジャスパーは、スーパーの駐車場での一件を思い出しつつ言った。

「あなたを侮辱したかったわけじゃないの。きいたのが間違いだったわ」ヴィエナが鼻にしわを寄せた。

「僕は持っているもので判断されることに腹をたてているんだ。オーリン・コールフィールドも僕をみくびるという間違いを犯した」

「そのとおりね」

彼はヴィエナを見た。

「〈レムエックス〉を所有していてもいなくても、あなたは彼とは比べ物にならない人だもの」

注意していないと、ジャスパーは彼女の瞳に吸いこまれそうだった。

「今後、彼はどうなるの？　私たちがサンティアゴにいるのは危険？　警備を強化すると、あなたが誰かに話しているのを聞いたわ」

「用心するに越したことはない。心配ないと確認するために、ある会社に数週間、僕たちを警備してほしいと頼んだ。君に危険が及ぶと思っていたら、絶対に連れていこうとはしなかった」ジャスパーはかぶりを振った。「僕が会社を買収したときは、解雇や辞職が相次いだ。罪を犯した者たちは逃げ出すことで、罪から逃れられると期待したんだ。だが、ほとんどの社員からは熱狂的に歓迎されたよ」

「サキの死についての調査はどうなったの？」

「サキの死の原因となった土砂崩れを人為的に起こせ、と指示したオーリン・コールフィールドのメールがある。黒幕は彼だ。現在は、チリの裁判所から環境損害に対する和解金の連絡がくるのを待っているところだよ。〈レムエックス〉の弁護団はすでに虚偽の陳述や汚職の件でオーリンを告訴している。その決着がつくまで、カナダにあるオーリンの資産には先取特権が設定されたから、彼は金を引き出せず、逃げつづけられない状態なんだ」

「あなたは満足しているの？」

「今のところはね」本当に満足するのは、オーリンが獄中で朽ちはてたときだが。

「オーリンを逮捕させたいあなたの計画を、私はだいなしにしてしまったわ。そのことが私たちの間にしこりとして残っているのではないかと心配で」

「そんな心配はいらない」

しかし、ジャスパーをさぐるように見る彼女の唇は疑わしげにゆがんでいる。

互いを信頼するにはまだ時間が必要らしい。彼は心を鬼にして正直に言った。「サキのためにも、オーリンには必ず刑務所に入ってもらう。だが君と僕の間にしこりがあるのは生産的じゃないから、忘れるよう努力するつもりだ」

ヴィエナがたじろいで目をそらし、ぎこちなくうなずいた。「自分がなにをしたかはわかっているわ」

繊細な女性だ、とジャスパーは心の中で歯噛みした。彼女は人の倍もつらく感じているに違いない。

しかし、恨みは彼にとって行動の原動力だった。その感情を燃やす以外の方法は見当もつかなかった。

とはいえ、これ以上なにが必要なんだ？　僕はなにを証明したいのか？　それは誰に？　ヴィエナにか？

〝あなたは彼とは比べ物にならない人だもの〟

「寝室で横になるわね」ジャスパーの視線を避けて、彼女が座席のシートベルトをはずした。

バンクーバーの時刻ではまだ午後八時前だったが、彼はうなずき、去っていくヴィエナを見送った。

霧雨が降る秋のバンクーバーを離れ、二人は早春のチリに降り立った。雪の積もるアンデス山脈を背景にしたサンティアゴの街は魅力的だった。大地が緑におおわれるのはこれからだが、古い石造りの建物とガラス張りの高層ビルの間には、太い蔓植物や背の高い椰子の木がたくさん生えている。太陽の光が届かない狭い路地では、年配の女性たちが色とりどりの花をそろえた花屋で働いていた。

美しい街の風景を目にしたヴィエナは、ジャスパーが自分を恨みつづけていたら二人の関係はうまくいかないのでは、という不安を少しだけ忘れた。

ホテルのペントハウス・スイートにチェックインすると、二人は仮眠を取り、旅の疲れを癒やした。それからダウンタウンを散策して、不動産業者の女性とランチをとった。彼女は高額な報酬に興奮し、すぐにでも仕事に取りかからんばかりだった。

「家さがしは君に任せるよ」ホテルに戻る途中、公園を歩きながらジャスパーが言った。「僕がいなくても、彼女がいればいいだろう？　ボディガードも同行させる」

「忙しいなら私一人でかまわないけど、私を信用してくれる？」二人は不動産業者に、今後数年間は我が家と呼べるような家を見つけてほしいと話していた。一歩間違えればすべてがだいなしになりそうで、ヴィエナは息をつめて返事を待った。

「僕の条件が気に入らなかったのか？」ジャスパーは不動産業者に対し、家族が長期滞在できる寝室が複数あり、接待用の部屋や使用人用の部屋を備えた家を希望していた。そしてできれば建物が外から見えないこと、プールも欲しいとつけ加えた。「外観はトフィーノの家みたいなのがいい」

「あの家は私じゃなく、兄が見つけたのよ」

「それでも二人とも気に入っていたから、好みは似ていると思う。アトリエとして使える部屋については、君のほうが詳しいだろう？」

「でも私が完璧だと思っても、あなたがいやだったどうするの?」ヴィエナは広い道の真ん中で立ちどまり、ジャスパーを見つめた。

「なんだって?」鏡のようなサングラスの上で眉根が寄った。

驚きを隠そうとして、彼女も眉間にしわを寄せた。「やさしいあなたにまだ驚いているの」

彼が不満そうにため息をついた。「僕たちは二人とも関係に不安を抱いている。だが、できるなら元夫とは比べられたくないな」

「比べてないわ。考えたこともない」彼女は皮肉っぽい笑いをこらえた。「私の望みや必要とするものを気にかけていなかったのはニールだけじゃなかったけど」

そんなことは認めたくなかった。ないがしろにされるのは自分が悪いせいだという不安がつねにあったからだ。ジャスパーも少ししたら、そう思いはじめるのかもしれない。

ジャスパーが尋ねた。「君の継母(ままはは)は……自分のことしか考えていない人だったのか?」

「ええ。セックス依存症でもあったと思う。アルコールと薬物の問題もかかえていたわ」

「なぜお父さんは彼女と結婚を続けたんだ?」

「わからない。でも、理由はどうでもいいわ。私にとって、イリーナの味方をした父は彼女と同類よ。だって父は継母から娘を守るべきだったのに、妻の味方をしたんだから」

「ハンターはなにをしていたんだ?」

「兄もまだ子供だったの!」兄に対する非難は聞きたくなかった。「兄も私と同じ問題に悩んでいた。イリーナは下着をつけずにテーブルの上で踊るような人だったから。ハンターは私のために父に話したり、できる限りのことをしてくれたけど、高校生になると〈ウェイヴ・コム〉で働きはじめたの。すると役員会は、親の行動の責任は兄にあるというようにイリーナを抑えつけろと圧力をかけたわ！　自分が大学に行ったあと、兄は私を彼女と二人にしたことに罪悪感を抱いているけど、危険な目にあわされたりはしなかった」肉体的には。

「君のお父さんみたいな父親になるつもりはない」

「わかってるわ」ヴィエナはまた歩きはじめ、ミニチュア・シュナウザーを連れている女性に笑顔を向けた。「でも、私の自己肯定感はものすごく低くなってしまった」成長する過程でいろいろ問題は乗り越えたけれど、まだ残っている問題もあった。「なぜ〈ウェイヴ・コム〉で働かないのかといつもみんなにきかれるけど、十五歳のときに父にお願いしたことがあるの。学校の課題だから、マーケティング部で職業体験をしたいって」

「なぜお父さんは断ったんだ？　君に向いていそうじゃないか」ジャスパーが彼女をちらりと見た。

「イリーナにひどく笑われたの。私は会社で働けるほど賢くないし、父を困らせるだけだって。たしかに、私の成績はごく普通だった」

「職業体験だろう？　一日だけの」

「でも父は断り、私もそれきり二度と頼まなかった。わかっておくべきだったわ。私がなにをしても、イリーナにばかにされるって。思春期は地獄だった。彼女はいつも注目の的になりたがったの。たとえそれが友達の前で私を侮辱したり、入賞した私の絵を批判して顰蹙を買ったりすることでもね。ネット上では、私たちの間に確執があるとされていて大騒ぎになった。だから今でもなにかあるたび、私は標的にされるのよ」

「イリーナは今、どこにいるんだ？」ジャスパーがわざと楽しげな口調で尋ねた。

「神さまがいるなら、オーリン・コールフィールドと再婚しているんじゃない？」

ジャスパーが噴き出した。

「イリーナは、やればできるという私の自信を打ち砕いたの。人間だから間違いを犯すのは避けられない。私も会社の役に立てると父に証明するためにした結婚は、大失敗に終わった。離婚を申請し、過去は水に流して、まっさらな気持ちで再出発しようと思ったのに……」

二人は苦笑いを交わした。

「話してくれてうれしいよ」公園を出たジャスパーがヴィエナの手を取り、ホテルに近い横断歩道へ向かった。「君がとても魅力的だから、イリーナは嫉妬したんだと思う。君は彼女にとって脅威だったんだろうな」

その言葉に、ヴィエナは驚いた。

彼女がやさしさと驚きをこめて尋ねた。「自分がどれだけ美しいか、君はわかっているのか？」

「人がどういうものを美しいと思うかなら知っているわ」ホテルへ歩きながら、ヴィエナは弱々しく言った。「髪に入れたゴールドのハイライトとか、整えた眉とか……」サテンのブレザーに合わせたリネンのキュロットを撫でつける。「人に美しいと思わせることと、美しいということは同じじゃないわ」

ヴィエナは話を中断してジャスパーの手を放し、回転ドアに飛びこんでロビーを突っきった。しかしジャスパーはエレベーターで追いつき、壁に寄りかかって彼女を見つめた。

「僕が今まで見た中でいちばん美しい女性は化粧せず、僕のTシャツを着ていた。髪もとかさず、レースのショーツみたいなものでまとめていて――」

「あれはシュシュというの」彼女は顔を赤らめ、笑いながら訂正した。その朝のことはよく覚えていた。

「彼女は目を合わさず、僕にじっとしてと言った。その姿に頭がどうかなりそうで、彼女から目を離せなかったよ」

「私は見てたわ！　あなたを描いてたんだもの」

「絵を描く君は幸せそうで、僕は永遠に立っていたかった」ジャスパーがエレベーターの壁に両腕をついて、ヴィエナをその間に閉じこめた。「とてもエロティックな気分だったよ。君は気づいていなかったが」

「私はあなたを描いてたのよ」彼女はジャスパーの胸の真ん中を軽くたたいた。「スケッチしてたのが腰から上でも、その下がどうなってたかなら気づいていたわ」

彼が熱いまなざしをヴィエナの唇にそそぎ、キスをしようとしたとき、音が鳴ってドアが開いた。

体を起こし、ジャスパーがドイツ語を話すカップルに、エレベーターは下りるのではなく上がるのだと手ぶりで示した。するとまた二人きりになった。

ヴィエナはもう一度ジャスパーが同じことをするのだろうと思ったけれど、彼は前をまっすぐ見て言った。「いい絵だった。あのスケッチブックは取ってあるんだ。バンクーバーに。君に渡すつもりだった」

「スケッチブックは何十冊も持っているし、もっと買うつもりだし」本当だった。世の中には靴が大好きな女性がいる。ヴィエナはさまざまなスケッチブックを集めるのを趣味にしていた。

二人は広々としたスイートルームに入った。部屋は白と青と銀で趣味よく統一されていた。床から天井まである窓のカーテンは引かれていて、街と山脈というすばらしい景色が広がっていた。両開きのドアの向こうにはキングサイズのベッドがあり、到着したときに仮眠した跡が残っていた。

私たちはここを眠る以外で使うのかしら？

ヴィエナはふたたびジャスパーに目をやった。どうやって話を切り出したらいいかわからず、荷物を手に持ったままだった。

ジャスパーはヴィエナを見ていた。

「なに？」彼女はランチのときになにかこぼしたのかと、ブレザーに目をやってきいた。

「看護師に尋ねようと思っていたんだ」

雇われた看護師は下の階の部屋にいた。毎日ヴィエナの体調を確認し、メールに返信する以外は自由に行動していいことになっていた。

「だがそこで気づいた。看護師が君とセックスしていいと言うかどうかが問題なんじゃない。君がしたいかどうかだと。繊細なことだから、問題は、君に抵抗があるのはわかるが――」

「ジャスパー」ヴィエナは驚いて言った。「ベッドをともにしないかもしれないと思いながら、わざわざ私を連れてきたの？　つまり、私はベッドをともにすると思っていたから……」咳ばらいをした。

「つまり、私はここに来たのはそのためなの」

「そうなのか？」彼がふらふらとヴィエナに近づいてきた。彼女の鼓動は激しくなり、体は何度も〝そうよ！〟と訴えた。残りの部分は、彼にとってこれが欲望以上のものだという証拠をさがしていた。

そんなことをするのが現実的ではないのはわかっていた。二人が過ごしたのはほんの数日だったけれど、離れていた一カ月間、頭の中はジャスパーでいっぱいだった。彼のことをよく知っているような気がして、気持ちについては二の次になっていた。

ジャスパーも自分と同じだと信じたかった。

「心配はいらない、ヴィー」彼がヴィエナの表情を読み違え、彼女の髪を耳にかけながら抱きよせた。

「ゆっくりやさしくするから。前回とは違って」

「気づいているかどうかはわからないけど、私に文句はなかったわ。前回のあなたは五つ星だったわよ」

ジャスパーがとてもセクシーな笑みを浮かべ、彼女は息をのんだ。「君も満点だったよ。あのセックスを表すには星が足りないくらいだ」

　では、二人の間には欲望しかないのだ。ヴィエナは奈落の底に突き落とされたようで胸を押さえ、飢えが浮かぶジャスパーの目を見つめた。

「時間をかけよう。焦る必要はない」彼の指はまだ耳をなぞっていて、ヴィエナはうなじの毛が逆立つのを感じた。「君はどうしてほしい？」

　口を開いたけれど、言葉は出てこなかった。ジャスパーは指でしか触れていないのに、彼女は早くもとろけそうだった。

　我慢できずに彼の胸に手を置き、固い筋肉を軽く指でなぞってから、糊のきいたシャツの下にある胸の先をつつく。

　胸をふくらませ、頭を低くしたものの、ジャスパーは唇をヴィエナの首筋にすべらせただけだった。最初に感じたのは彼の息で、敏感になった肌に熱い息が吹きかけられたあと、唇がそっと同じ場所をかすめた。

　ヴィエナはうめき声をあげ、足元がおぼつかなくなった。

　ジャスパーのたくましい腕が彼女の体にまわされた。「まだキスもしていないぞ」

　わかっていた。しかし、もたらされた刺激はとてつもなく強烈だった。恐ろしいほどと言ってもいいかもしれない。我を忘れ、屈服してしまいそうだ。

　それでもジャスパーは自分のペースでヴィエナを征服すると決心していて、もっと熱い刺激で我を忘れたい彼女は不満を覚えた。自分が相手に夢中になっているように、相手も自分に夢中なのか知りたかったけれど、彼はせかされることを拒んだ。そして両手を使ってヴィエナの背中と腰にゆっくりと円を描き、唇にやさしいキスをした。

「ジャスパー」彼女は小さな声で懇願した。

「君を知りたいんだ」ジャスパーも小声で言い、ヴィエナが素肌の上に着ているサテンのブレザーを撫でた。それからボタンをはずし、左右に開いた。

「こんなことをしていたら頭がおかしくなりそうだ」彼はうなりながら、てのひらでヴィエナの腰を包みこみ、親指をワイヤーレスのブラに這わせた。「これはブラなのかい？　違うな」自分で答えを出し、親指で彼女の胸の先に触れた。

「乱暴にしないでね」ヴィエナは息を吸った。「過敏になっているから」

ジャスパーが低く甘い声をあげ、触れ方をやさしくした。唇は彼女の眉間と頬をかすめ、歯が耳たぶをとらえた。

「毎夜、僕は君に触れようと思うんだ。階段でしたこと、森の中でキスしたことくらいではじゅうぶんじゃないから。もっとこうする時間が欲しい」

ヴィエナの喉から絞り出すような声がもれた。手でジャスパーの体をたどり、熱い肌に触れるためにシャツの裾をズボンから引っぱり出す。しかしうなり声をあげ、全身の筋肉をこわばらせていても、彼は手をゆっくりとヴィエナの体にすべらせ、唇を顎に這わせるのみで、唇を奪うことはなかった。

いらだたしげな声をあげて、ヴィエナはジャスパーの頭を抱きよせ、唇と唇を重ねると舌を差し入れた。

すると彼がうなり声をあげ、両手をヴィエナの髪にくぐらせた。そして彼女の頭の角度を変えてキスを深めやすくしたものの、自制心を働かせて手を引っこめると同時にからかうように唇で唇をかすめた。

「キスして」ヴィエナは要求した。

「キスならしているじゃないか」彼がまたそよ風みたいなキスをヴィエナの唇に、顎に、喉にした。それから唇で胸骨をなぞり、歯でブラのフロントホックをはずした。

ヴィエナはこれほどの刺激を、これほどの情熱と思いやりをどう受けとめればいいのかわからなかった。ジャスパーの髪を手ですいてうなじをとらえ、襟元まですべらせてから、喉と濃くなっている無精ひげの境目を撫でた。

「怖いわ」ヴィエナは打ち明けた。彼がファスナーを下ろしたので、キュロットは腰からずり落ちはじめていた。

ジャスパーが動きをとめた。「やめるかい？」

「いいえ、続けて。お願い」彼女は荒い息とともに言った。でも、なにもかも失いたくはない。彼は一度のキスと愛撫で私の魂まで奪ってしまうけれど。

「なにを怖いと思っているんだ？」ジャスパーの唇はヴィエナの鎖骨を、巧みな指はサテンとレースのショーツをなぞっている。

「あなたが私を……感じさせすぎるのが」でもまだ足りない。

ヴィエナは期待感に押しつぶされそうだった。体はジャスパーの愛撫を求めて泣き叫んでいる。彼女はジャスパーのベルトを引き抜いてズボンのファスナーを下ろし、ボクサーパンツの中に手をすべりこませた。ベルベットに包まれた鋼鉄を思わせる下腹部をさぐっていると、彼の興奮が高まり、息づかいが乱れた。

限界を迎える前に、ジャスパーが顔を上げて背を起こした。ショーツの中へ指を差し入れながら彼女をきつく抱きしめ、荒々しく唇を奪う。

指をヴィエナの中に入れると、彼があらためて顔を離して、欲望で目がとろんとしている彼女を眺めた。それから舌を何度も奔放に唇に這わせ、大胆に愛撫した。

「あとどれくらいで達しそうかな？　見せてくれ」ジャスパーが息をはずませて言った。ヴィエナの中にある指が一本、二本と増えていく。彼のてのひらのつけ根が敏感な場所に押しあてられると、ヴィエナは身を震わせ、喜びを求めて腰を揺らした。

彼女は片方の手をジャスパーの首にまわし、もう一方の手で興奮の証を包みこみながら、彼のてのひらの動きに合わせて腰を持ちあげた。ほかにどうすることもできなかった。自分がそうするのを必要としていた。

「ゆっくりと、やさしくだ」ジャスパーがささやいた。しかし言われたとおりにするには、あまりに喜びが大きすぎた。ヴィエナの体は至福をめざして彼の指を締めつけ、腰は揺れつづけた。ああ……そう、これだわ。

苦しげなうめき声とともに、ヴィエナは歓喜に身をゆだねた。

彼女はここにいる。もうどこにも行かない。ジャスパーは自分にそう言い聞かせ、欲望を抑えつけようとしたが、彼の中の狼は飢えていた。

二人の間にある服がじゃまでしかたなかった。ジャスパーはぐったりしているヴィエナをベッドへ運び、互いの服をはぎ取った。

ああ、肌が薔薇色に染まっていて、目の焦点が合っていないヴィエナを見るのが好きだ。ジャスパーは彼女の両脇に腕をつこうとした。すると腕がヴィエナの胸の横をかすめ、彼女がわずかにたじろいだので、彼は冷静さを取り戻した。

気をつけなければ。ジャスパーは自らをいましめた。妊娠していることもあるが、ヴィエナがもともと傷つきやすく繊細な女性だからだ。隠すのがとても上手なのでときどき忘れてしまうものの、骨の髄まで芸術家であるヴィエナはどんなことでも深く受けとめるところがある。

守りたいというやさしい気持ちが猛烈な勢いでわきあがってきても、ジャスパーはそんな感傷的な自分がいやで本能的に抑えつけた。僕は自身も守らなければならない。そうだろう？

しかしヴィエナの脚が脚に触れ、指が肩や首を撫で、ジャスパーの広げた手の下で腹部が震えると、彼は思った以上に彼女に心を許していることに気づいた。

彼はヴィエナをむさぼり、彼女と一つになりたかった。それでも震える唇に唇を重ねると、じっくりと時間をかけてキスを深め、愛撫もゆっくりと進めた。ヴィエナを抱きしめ、さぐりながらも、彼女の中へ入る瞬間は先延ばしにしていた。

ジャスパーは、ヴィエナが夢中になっているという証拠が見たかった。それまでは慎重でいなくてはならなかった。脚を開いて誘い、彼の胸に切羽つまったキスをするヴィエナを眺めるのは楽しかった。

彼女はジャスパーの腕に軽く歯を立てたり、胸に舌を這わせたり、爪でヒップをかすめたりして、自分を満たしてもらおうと催促した。

避妊具が必要だ、とジャスパーは思った。しかし、今の二人にそんなものはいらなかった。

彼はヴィエナの脚の間に身を置いた。彼女の準備は万端整っていて、いっきに奥まですべりこんだ。

なんと生々しく、あまりにも強烈な感覚だろう。ヴィエナの甘美かつ心地よい熱に包まれて、ジャスパーは苦しげなうなり声をあげた。

体を支えるためについた腕が震え、ヴィエナから離れた。だが彼女は頭を後ろに傾けて喉をあらわにし、肌には汗が光っている。この女性は僕のものだ。目の前のすべてを独り占めしたい。

ジャスパーは必死に時間をかけた。注意深く力強くヴィエナの中に突き進んでは、その完璧さを堪能する。彼女はジャスパーの下で身もだえし、くぐもった喜びの声をあげていた。

これこそが離れ離れになってからの数週間、ジャスパーが切望していたものであり、ヴィエナが自分と同じく欲望に逆らえない証拠だった。

ジャスパーも逆らえなかった。ゆっくりと至福をめざしていたにもかかわらず、徐々に決意が弱くなる。しかし電流のような衝撃が背筋に走っても、必死にヴィエナが限界を迎えるのを待った。

穏やかなセックスは穏やかな歓喜をもたらすはずだったが、ヴィエナがジャスパーの下で体をくねらせ、口を開けて声にならない悲鳴をあげた。彼はヴィエナがのぼりつめたことを知った。

続いてジャスパーにも至福の瞬間が訪れた。猛烈な勢いで全身をめぐる快感はいつまでも終わらないかに思えた。

ジャスパーは我を忘れ、完全にヴィエナの虜となっていた。なにも考えることはできなかった。

11

記憶にあるとおり、すばらしかった。数日間、ほぼ絶え間なく体を重ねたあとで、ヴィエナはそう思った。いいえ、それ以上だ。二人はお互いの体について知り、我慢の限界を超えて相手を快楽に駆りたてる方法を学んでいた。今朝、ヴィエナはジャスパーと一緒にシャワーを浴び、彼の頭の中が真っ白になることをした。彼はタイル張りの壁に寄りかかり、荒い息を吐きながら、帰宅後にもう一度同じことをしようと約束して出かけていった。

女性という自分の性に、これほど自信を持った覚えはなかった。もしこの関係が破綻し、傷ついて去ることになったとしても、私はジャスパーと過ごした日々を後悔したりしない。

とはいえ、将来をともにするには体を重ねるだけでは足りなかった。ジャスパーが私を思ってくれているというしるしが欲しくて、私は焦っているの？

そんなことを考えながらも、ヴィエナはまた別の家を案内している不動産業者に必死に注意を戻した。

そのとき、ジャスパーのメールが携帯電話に届いた。

〈サキのご両親が弁護士との打ち合わせに来ているんだ。今夜、一緒に食事でもどうかな？〉

〈もちろん〉彼女は返信した。

その夕食がどういうものなのかはわからなかったが、着替えてからヴィエナを連れていくためにホテルに戻ってきたとき、ジャスパーはうわの空だった。いつもなら挨拶もそこそこにキスをしてくれるのに、彼女の頬をつつき、今日はどうだったと尋ねただけだった。

「今日の物件にはあまり惹かれなかったけど、不動産業者は私たちがさがしている家の条件がだいぶわかったと言ってたわ。週が明けたらまた案内してくれるそうよ」

「わかった」ジャスパーはあまりに注意散漫で、ヴィエナは傷つきそうだったけれど、原因が自分でないのはわかった。彼にとって、今回の夕食は気の重いことなのだ。

彼女はスクープネックの青いワンピースを着て、髪をシニヨンにまとめた。出かける寸前まで二人の間に会話はなかった。

「とてもすてきよ」ヴィエナはジャスパーのネクタイピンを直しながら言った。

「君もね」声はそっけなかったが、彼はヴィエナをじっと見つめ、彼女の手を取って指をからめた。

レストランの中庭のテーブルに案内されたとき、サキの両親はすでにいた。アコーディオン奏者がやさしい音色を奏で、やわらかな光が癒やしと幻想的な雰囲気を演出していた。

　メリーリャ夫妻は温かく二人を迎え、ジャスパーを抱きしめて笑みを浮かべた。そして、彼が〝ノヴィア〟を連れてきたことを喜んだ。ヴィエナはスペイン語を勉強中だったので、花嫁か婚約者という意味だろうと思ったけれど、ジャスパーは二人の関係を隠そうとはしなかった。食事中も彼女の手や膝を握ったり、椅子の背もたれに腕を置いて指先で肩をかすめたりしていた。

「彼女はすばらしい画家なんだ」彼は携帯電話を出して、ペイトンのスケッチを夫妻に見せた。

　すると、サキの母親がからかい半分で尋ねた。

「あなたの赤ちゃんはいつ生まれるの（クアンド・テンドラス・アン・ベベ・プロビオ）？」

　ヴィエナにわかったのは〝赤ちゃん〟と〝いつ〟だけだった。顔を真っ赤にすると、ジャスパーが彼女の手を取って、てのひらを撫（な）でた。

「僕たち二人とも喜んでいるだろう？」

　ヴィエナが震えながらうなずくと、ジャスパーがその言葉を通訳し、夫妻が祝福した。

　別れを告げる際、ミセス・メリーリャが彼女を抱きしめてスペイン語で言った。「彼が幸せそうでよかったわ」

　ヴィエナもそう信じたかったけれど、ホテルに戻る途中、ジャスパーは無口だった。

「あなたにとっては本当につらいことだったのね」部屋で着替えているとき、彼女は言った。

「ああ」彼がネクタイをゆるめた。「だが彼らは僕を責めない。それでも僕は責任を感じている」

「サキはどんな人だったの？　ミスター・メリーリャみたいにおもしろい人だった？」

「とてもね。それに賢くて、怖いもの知らずで、地に足がついていた。僕は彼のそういうところが好きだった。野心家だったが、環境問題にも関心を寄せていて、妻を養い、子供をたくさん持つためにいい仕事に就きたがっていた。彼にとって家族はなによりも大切だったんだ。せめてオーリンが――」

ジャスパーが言葉を切り、ヴィエナは彼がなにを言おうとしたのかわかった。〝オーリンが刑務所に入れられれば、僕は新たな人生を歩むことに後ろめたくならないかもしれない〟だ。

「言うのはやめておくよ」彼が沈黙を破った。「メリーリャ夫妻の喪失感をやわらげるためにできることがないのが悔しいんだ」

ジャスパー自身の喪失感はどうなの？「わかってるわ」彼女はつぶやいた。なにか一つでも違っていたら、サキは生きていたかもしれない。「サキが亡くなって本当に残念だわ」彼の腰に腕をまわした。

「すごくいい人だったのね」

ジャスパーは触れられて身をこわばらせたが、震えるような息をついた。「ああ、いいやつだった」

二人は長い間、そのままだった。

ジャスパーはヴィエナと一緒に暮らしたら、窮屈な思いをするだろうと思っていた。しかし意外にも、新居に移ってからの日常生活を気に入っていた。

高級住宅街ビタクラのマンケフエ・ヒルのふもとにある家はすばらしかった。段々畑のような建築様式は、トフィーノの家とは似ても似つかない。窓がたくさんある建物は芝生に囲まれ、プールの横には東屋（あずまや）が立ち、遠くには街の明かりが見えた。

主寝室の改装には出費を惜しまなかった。ここにはリビングエリア、現在ジャスパーがいる着替え室、豪華な装飾が施された巨大な浴室があった。専用テラスには屋外用シャワーと、ヴィエナが気に入っている足湯用のバスタブもしつらえられていた。

同じ階にあるほかの三つの寝室はどれも子供部屋に最適だったが、ジャスパーが家を見学しているときにちらりと見ると、ヴィエナは主寝室にいちばん近い部屋を指さした。妊娠は内緒にしていたので、内装業者はまだ雇っていなかった。それでも彼は二階に上がるたびに子供部屋候補をちらちらとのぞき、そこに我が子がいるようすを想像した。

一階には客用の居間と家族用の居間があった。ダイニングルームには十二人掛けのテーブルが置かれていたが、食事はテラスか、キッチン脇の朝食室でとることが多かった。居心地のいいキッチンには機能的な電化製品がずらりと並んでいた。

地下にはワインセラーがあったものの、二人には必要なかった。彼らはそこを家族が長期滞在できるように、簡易キッチンつきの客用寝室に改装した。トレーニング部屋は空っぽだったので、ヴィエナはその場所をアトリエとして使う予定だった。高い窓からは自然光が差しこみ、専用の中庭には木が生えていたり植木鉢が置かれていたりして、瞑想的な雰囲気の中で仕事ができた。

アトリエのことを考えたあと、ジャスパーは自分のシャツを見た。ヴィエナが絵を描くのをキスでじゃまをしたせいで、さまざまな色の指の跡がついている。

シャツのボタンをとめおえた彼は、ベッドにいる彼女を鏡越しに眺めた。

ヴィエナとのセックスはますますすばらしく、ジャスパーは満足していた。二人は出かけるのも好きで、毎日いろいろなことをした。彼はまだ〈レムエックス〉の人員整理を続けており、新たに人を雇ったり、新しいやり方を実践したりしていた。ヴィエナもカナダにいる顧客に連絡を取っては、ここチリで見つけたさまざまな芸術家について話し、母国の画廊でしていた仕事を続けていた。

美術品は賢明な投資だと主張する彼女は、先週の引っ越しパーティを成功させると作品をあれこれ購入していた。

ジャスパーにとっては大きな変化だった。自分のことは中流階級だと思っていたが、国際的な鉱山会社を所有している以上は重役や要人を招く必要があった。ヴィエナもそれなら引っ越しパーティを開かなくてはと訴えた。彼はまったく楽しみではなかったものの、ヴィエナがすべての手配をしてくれたおかげでうまくいった。誰もがジャスパーの魅力的な〝妻〟を絶賛した。

彼は一度も訂正しなかったが、考えれば考えるほどヴィエナをそう呼びたくなった——妻と。

長い間、結婚という制度には抵抗があったのに、そんな気持ちになったのが不思議だった。配偶者を失った父親の苦悩を目のあたりにし、自分もガールフレンドに拒絶された経験から、結婚を考えるのは避けてきた。サキが自分のように生きられないことにも大きな罪悪感を抱いていた。

しかし、結婚はヴィエナのためにもなる。彼女が最良の状態にいることは、ジャスパーにとって極めて重要だった。僕と結婚すれば、彼女とおなかの子は僕の資産という安定を手に入れられる。

すべてが理にかなっていると考えると、結婚を申しこみたくてたまらなくなった。ヴィエナは将来に不安をかかえていて、赤ん坊を無事産みたがっていた。ジャスパーは彼女の気持ちを大切にする気があったものの、指輪を買うことばかり考えていた。

明日、指輪を買いに行こう。一日かけてどんな宝石にしようか悩むのは、クリスマスと誕生日を合わせたように楽しかった。

「早起きなのね」ヴィエナがつぶやき、彼の背後で寝返りを打った。

「今日、環境監督局で会議があるんだ」ジャスパーはネクタイを結びおえた。

「どれくらいかかるの？」

「一日かかると思う。飛行機で行くが、いつもの時間に帰ってくるよ」

ヴィエナが体を起こした。「重要な会議なのね」

そのとおりだった。ジャスパーは一カ月半前にサンティアゴに来て以来、この政府機関と話そうとしていた。彼らを味方につけなければ採掘再開の望みは持てなかった。

ところが、彼女は意気消沈している。

「どうしたんだい？」彼は振り返ってきいた。

「今日は初めての超音波検査なの。あなたも来たいんじゃないかと思って」

「しまった、明日じゃなかったのか」どうやら勘違いしていたらしい。携帯電話に手を伸ばし、共有のカレンダーを出す。同席するかどうかは〝任意〟となっていたので、あまり重要だと考えていなかった。

「なんとかしてみるよ」

「赤ちゃんに問題はないと思うわ」背筋を伸ばし、楽しそうな笑顔を作って、ヴィエナは気丈にふるまった。「あとでメールするわね」

「本当に？」

「大丈夫。でも、クリニックに行く前に顧客とビデオ通話をしないと。シャワーを浴びるわ」ヴィエナが立ちあがり、浴室へ消えた。

ヴィエナは理由もなくおびえていた。論理的でないとわかっていても、妊娠中に問題が起こるのではないかという不安は消えなかった。もしそうなら、ジャスパーはここにいないほうがいい。

しかし問題が起こったら、ジャスパーと私をつなぐものは失われる。赤ん坊以外に二人の間になにがある？　彼女は最悪の事態を心から恐れていた。

この数週間、二人の距離は少しずつ近づいていた。いちゃついたり、冗談を言ったり、意見が違っても妥協できるところをさがしたりした。

けれど、赤ん坊を失う恐怖は消えなかった。

「ヴィエナ？　こんにちは（オーラ）」クリニックへ行くと、女性の検査技師が温かい声で話しかけながらヴィエナのカルテを確認し、妊娠何週目かときいた。

「昨日で十二週です」ジャスパーと再会する二週間前から数えるとそうなる。

「緊張していますか？」ヴィエナの不安そうな顔に気づいて、検査技師が尋ねた。「これからすることは不快かもしれませんが、痛くはありませんから」

「この検査で異常がないとわかるまで、人に話すのをずっと控えていたんです」冷たいジェルをおなかにぬる相手をじっと見つめながら、ヴィエナは言った。にこやかな検査技師に目を向けるうち、彼女が透視能力を持っていて、見ただけでなんでもわかるのではという錯覚に陥った。

探触子（プローブ）がヴィエナの肌に触れる寸前、ドアがノックされた。

「おじゃまします」ドアをたたいたらしき女性が顔をのぞかせた。「ミスター・リンドールがいらっしゃいました。お通ししてよろしいですか？」「はい」

「なんですって？」ヴィエナは頭を上げた。あわてて答える。

「お父さん（パパ）ですか？」検査技師が声をかけた。「こちらへ。そこに立ってください」

ライトグレーのスーツ姿のジャスパーは、今朝別れのキスをしたときと同じく、力強くてハンサムだった。画面の青白い光のせいで表情は読み取りにくかったが、ヴィエナの眉間へのキスはとてもやさしかった。

「忙しいと思っていたのに」彼女は、ジャスパーが超音波検査を優先させたことに仰天していた。

「僕抜きで飛ぶように指示したよ。チームを信頼できないのなら、雇った意味がないからね」ヴィエナの手を取ってやさしく握った。「大丈夫かい？」

技師が固い器具をヴィエナのおなかに押しあてた。

ヴィエナはトイレに行きたいのを我慢していた。

「これが赤ちゃんの心臓ですよ」技師が画面を指さした。

「ああ」ヴィエナは安堵のため息をついた。目に涙が浮かぶ。

ジャスパーがヴィエナの手と自分の手をからめた。彼女はその瞬間、衝撃が全身を貫き、二人を一つにしていくのを感じた。

「写真を撮られるのがわかってるみたい」技師が冗談を言い、胎児の横顔を撮影した。「発表用に使えますよ」ヴィエナに言った。

「発表用?」ジャスパーがうろたえ、ヴィエナを見た。「もう心配はないのか?」

論理的に考えれば、妊娠十二週は安心できる時期とは言えなかった。しかしヴィエナの気持ちのうえでは、とてつもなく大きな節目だった。奇跡が起こってついに赤ん坊を出産できると思うと、喜びで胸がいっぱいになった。

「ヴィー」ジャスパーが彼女の濡れた頬を撫で、声をひそめた。「どうしたんだい?」

「なんでもないの。なにも問題ない。私、本当に本当に幸せよ」

「僕もだよ」ジャスパーがほほえんだ。

ジャスパーは昼過ぎに急いで会社へ戻っていった。しかし早めに帰宅してきて、胎児の成長を確認した余韻にひたりながらプールで涼んでいたヴィエナを驚かせた。

「あら、おかえりなさい」水着姿で現れたジャスパーに、ヴィエナは言った。水着は腰の位置が低く、下腹部をぴったりとおおっていて、六つに割れた腹筋と引きしまったヒップを強調していた。彼は無言でプールに飛びこみ、一度も顔を上げずにヴィエナが座っている浅い場所へやってきた。

「ハニー、ただいま」水から顔を出し、ひげと唇からしずくをしたたらせて、ヴィエナにキスをした。ジャスパーが身を引いたとき、ヴィエナはプールの端から端まで泳いだかのように息を切らしていた。

「おかえりなさい」ジャスパーがヴィエナを抱きかかえ、階段に座って膝の上にのせたときも、彼女はまだぼうっとしていた。「今日はどうだった?」

「よかったよ。環境監督局の審査に合格したから、次の段階に進める」

「それはいいニュースね」

「ああ」

「南半球にあるから今、サンティアゴは夏でしょう。つまり、私たちは避寒者(スノーバード)になったわけね」スノーバードとは十月になると南へ出かけるカナダ人のことだ。「雪から逃げているのに、なぜそう呼ぶのかしら?」

「たしかに。じゃあ、これからは〝まんぼう(サンフィッシュ)〟と言おうか。僕は君のビキニ姿を見られるチャンスが多ければ多いほうがいい」

「ビキニを着るのは今日が最後かも」ヴィエナは残念そうに言った。

「僕の前で自意識過剰にはならないでくれ」ジャスパーの手が彼女のおなかに置かれ、親指がおへそを撫でた。「君はとてもすてきだよ。家族の誰かに話したのかい?」

「あなたを待ちたかったの」ヴィエナは彼の耳とうなじをなぞった。「クリスマスに実家に帰るのをどう思う?」

「この間アメリアに予定をきかれたから、君と話すと答えた。僕も帰るべきだと思う」ジャスパーが彼女の腿の下に手を入れた。

「いつもはもっと上手なのに」ヴィエナは軽い調子で言って、彼の首に腕をまわした。

「水着に忍ばせているものがあるんだ」

「水着の中にあるものなら知ってるわ」

ジャスパーの目が愉快そうに光った。「それは水着のポケットにあるんだ」

「どこに？　なんなの？」ヴィエナが体をくねらせて水着の中をさがしたが、彼はすでに手に移動させていた。

「カナダに帰ったら、これを正式なものにしよう」

ジャスパーが手を開いて、光の加減で紫色に輝く鮮やかな青い石があしらわれた指輪を見せた。プラチナの輪の部分はシンプルだが上品だった。

「ジャスパー！　きれいね。サファイアかしら？」

「ブルーダイヤモンドだ。とてもめずらしいらしい。倫理的に問題ない採掘がされたことは確認ずみだ。ダイヤモンドの中のダイヤモンドのような女性には、ふさわしいと思ったんだよ」

「口が上手なのね」ヴィエナは心から感動していた。

「でもあなたはもう私がいちばん欲しかった、とても貴重な宝物をくれているわ」

「これは僕の本心だ」ジャスパーがヴィエナの頬を包んで目を合わせた。「君はとても特別な女性だ、ヴィエナ・ウェイヴァリー。君は美しい奇跡をみごもり、僕の人生に特別な輝きをもたらしてくれた。それに画家として、自分らしく新たな人生を歩みはじめたところも尊敬している。君ならおなかの子供にとってすばらしい母親になるはずだ。僕と結婚してくれないか？」

ノーと言えるわけがなかった。愛の告白ではなかったけれど、ジャスパーにとって結婚するのは赤ん坊のためだけではないようだ。ヴィエナは生まれて初めて、本当に自分のことを見ていてくれて、大切にしてくれて、求めてくれている人ができたと思った。それはなにより大事なことだった。

感動で声がうまく出ず、彼女はただ〝イエス〟と小さな声で答えるのがやっとだった。

ジャスパーが指輪を指にはめてくれるとき、ヴィエナの脳裏にはある逸話がよみがえっていた。結婚指輪を左手の薬指にはめるのは、その指から腕を通って心臓まで静脈が通っているからだという。

指輪が薬指におさまると、彼女はたしかにそう実感した。すると、今までに経験のない甘い感覚が胸を貫いた。それがなんなのかはわかっていた。真実の愛。私がずっと願っていたものだ。

次の瞬間、その言葉は輝きを放ち、きらきらとはかなげな光を投げかけている気がした。

ところが愛の告白をしようとした直後、ヴィエナはジャスパーに唇を奪われた。彼女はあっけに取られたものの、たちまちビキニが消えてしまったことと、彼の水着の中にほかになにがあるのかということ以外を忘れてしまった。

12

ヴィエナはウェイヴァリー家の人脈を使って、トロントにあるブティックホテルの唯一予約の取れる日を突きとめた。そのブティックホテルは十九世紀に建てられた銀行を改築したもので、繁忙期には予約でいっぱいだった。

招待状は出したものの、赤ん坊の存在はまだ内緒にしていた。遠いサンティアゴからの手配に追われた一カ月後、結婚式のわずか数日前に、二人は吹雪のオンタリオ国際空港に降り立った。

ジャスパーは悪天候を気にしなかった。ヴィエナが時差ぼけを解消する間、二人で家にいる口実ができたからだ。しかし午後には妹一家がやってきて、彼はしぶしぶ招き入れた。本当のところは、赤ん坊の知らせに対するアメリアの反応を見るのが楽しみだった。彼女は悲鳴をあげた。

ペイトンがびっくりして泣いてしまい、母親が抱っこするまで落ち着かなかったが、大人たちは笑い、アメリアが言った。「何日も泣きそう。すごくうれしいわ」そして兄と義妹を抱きしめた。

「ヴィエナ」ハンターの声は静かだった。

ジャスパーは緊張した。ハンターになにを言われようとかまわなかったが、ヴィエナの気持ちは守りたかった。もし彼女の兄がよけいなことを言うなら、真剣に話をしなければ。

しかし、ハンターの目はうるんでいた。「すばらしい知らせだ。おめでとう」彼は心をこめてジャスパーの手を握った。

ジャスパーは感傷的になるまいとしたものの、ヴィエナのまばゆい笑顔に謙虚な気持ちになった。その瞬間、二人は純粋な幸せを分かち合っていた。それは彼女が指につけているブルーダイヤモンドと同じくらいまれなもので、完璧だった。

ジャスパーはふいに罪悪感にさいなまれ、気持ちが沈んだ。オーリン・コールフィールドのことを思い出したのだ。最後の報告書では、彼は南太平洋のどこかでいまだに法から逃れていた。

「どうしたの？」いつもジャスパーの機嫌を気にしているヴィエナが彼の腕に触れた。

「なんでもないよ」ジャスパーは悲観的な考えを振り払った。ヴィエナのために今をだいなしにするつもりはなかった。アメリアのためにも。

しかし姪を抱き、もうすぐ自分の赤ん坊を抱くことを想像していても、頭にあったのはサキのことだった。友人にはこういう経験が決してできないのだ。

その後の数日間ジャスパーはよそよそしく、ヴィエナはそれを忙しかったせいだと思っていた。

　二人は車でジャスパーの父親にも会いに行った。トビアスは大喜びして、オーラという恋人を結婚式に連れていきたがった。

　互いの家族全員に知らせたあと、二人は婚約と妊娠、そしてクリスマスの一週間前にダウンタウンのホテルで結婚することを公表した。

　パパラッチたちはすぐに動き出し、霙(みぞれ)や休日の渋滞などものともせず、用事のためにヴィエナのアパートメントから出てきた二人を撮影した。

「だから、サンティアゴにいるほうが好きだわ」彼女は車の中でつぶやいた。「あそこでは私が誰であっても誰も気にしないもの」

　ジャスパーはうわの空でなにも言わなかった。

「どうしたの？　今夜のパーティに行きたくないのはわかるけど、みんな私が来るのを期待しているのよ」

「妹も僕の出席を期待している」彼が辛口に指摘した。

「そうね」兄のハンターにとって人づき合いはいつも効率優先だった。彼は年に二、三回大規模なパーティを開き、有名人や仕事関係者を招待した。ヴィエナはそこでよくもてなし役をしていたので、彼らを見知っていた。「あなたが家にいるほうが好きなら、私も出席したくないわ」

「僕ならかまわない。ゴドリッチの中産階級という気分は抜けないが、君がいれば楽にしていられる」

「あなたこそ私を楽にしてくれるわ」二人はサンティアゴでも著名人を招いたパーティを何回か開いた。ヴィエナはまだ継母が起こしたような騒動を心配して緊張しどおしだったが、ジャスパーが支えてくれた。彼はサッカーやビジネスについて語り、ヴィエナは芸術や文化の話題に専念した。

　一人になったとき、私たちはかなり理想的なカップルになりつつある、とヴィエナは愉快そうに思った。そしてウエディングドレスの試着をし、今夜のパーティで着るドレスを選んだ。

家に戻ると、ジャスパーはまだ帰っておらず、どこまで行ったのだろうと不思議に思った。しかし仮眠から目覚めるころには、彼は帰宅していた。パーティは正装だったのでタキシードを着ていて、ひげも髪もプロの手できれいに整えられている。

「すてきだわ」

「君もね」ジャスパーのまなざしは、彼女の青いスパンコールのドレスを燃やしそうなほど熱かった。視線が豊かな胸の谷間から、おなかの誇らしげなふくらみに下りる。「君に飾りはいらないが、青い服を着ると言っていたから、これが合うと思ったんだ」彼がピアスを差し出した。「トルマリンだよ」

宝石は鮮やかなネオンブルーで、まわりは氷のようなダイヤモンドに囲まれていた。「きれいね！」

ヴィエナは息をのみ、両耳につけていたシンプルなダイヤモンドのピアスをはずした。「ひと足早いクリスマスプレゼントかしら」

「実は、ツリーの下には別のものを用意してある」

「そっちは結婚祝い？」

「それもクリスマスプレゼントだ」

「ジャスパー、それって私のため？　それとも自分のため？」彼女はからかい半分できいた。彼は以前、自分が独身なのは石が好きだからと話した。そんな男性が今は婚約者のために、希少で美しい宝石をさがすことに喜びを覚えているようだった。

「両方かな」ジャスパーが残念そうに言った。「君が身につければ、僕は宝石を見られるから。出産祝いというものがあるのを知っているかい？」

「救いがたい人ね」ヴィエナは笑った。

一瞬、ジャスパーは重苦しさを脱ぎ捨てたように見えた。二人はほほえみ合い、互いの瞳に見とれた。

そこには〝愛している〟と書かれている気がした。

ドアマンがブザーを鳴らした。

「車が来た」ジャスパーが腕を曲げて促した。「行こうか。君を見せびらかさなくては」

「本当に？　見せびらかしたいのは実はこのピアスのほうなんじゃない？」

「いや、君だよ」彼の言葉を聞いて、ヴィエナは有頂天になった。

パーティはプロスポーツ選手、カナダの映画界や音楽界のスター、さまざまな企業の重役たちがひしめき、大盛況だった。ジャスパーと一緒に人々に挨拶してまわったとき、ヴィエナは記憶にないほどリラックスしていた。人生をはるかにいい結末に書き換えた気分だ。私は婚約者を愛していて、彼の子供を妊娠している。それに二日後には結婚する。すべてがようやくうまくいきそうだ。

宴もたけなわになったころ、ハンターが乾杯の音頭を取った。彼はまず来てくれた招待客たちに感謝し、このようなすばらしいパーティを準備してくれたアメリアに感謝した。二人ははっきりと愛情に満ちたまなざしを交わし、ヴィエナは胸がいっぱいになった。

「最後に、もうすぐ義理の弟になるジャスパーに乾杯したい」ハンターが咳ばらいをし、笑い声がおさまるのを待った。「そして妹のヴィエナにも。おまえが愛と幸せを追い求めていることを誇りに思うよ。では、ジャスパーとヴィエナのために乾杯」

ジャスパーがシャンパンを掲げると、ヴィエナはクランベリージュースを持ちあげた。彼の唇がこめかみに触れてほほえみを浮かべたけれど、耳には兄の言葉が死の宣告のようにこびりついていた。

〝愛と幸せを追い求めている〟

私はどちらも手にできるの？

翌日の午後、ヴィエナはまだ疑う気持ちを振り払おうとしていた。私とジャスパーはすばらしい関係を築いている。彼は私に絵を描く自信を持たせてくれ、ずっと望んでいた赤ん坊を与えてくれた。

でも、私にはもう一つ望んでいる大切なものがある――それは愛だ。

午前中、ジャスパーは大学の友人たちとコーヒーを飲みに出かけた。彼らは結婚式には出席できないので、街にいる間に会っておきたかったのだ。

ヴィエナはとにかく静かな朝を過ごしたかった。目が覚めると頭が痛く、吐き気がした。兄夫婦のパーティが夜遅くまで続いたせいで、甘いものを食べすぎた？　ひょっとしたら虫に刺されたのが原因とか？　頬は熱いのにほかの部分は冷たいのは、妊娠中の体が暑い夏から氷点下の冬と過剰な暖房という生活に適応できていないせいだろう。休暇でバンクーバーに戻っている専属の看護師にメールを送ると、頭痛薬を処方してもらえばいいと返信がきた。

薬をのむと、楽になった気がした。ジャスパーが戻ってきたころには、頭痛も消えていた。そこで二人はウエディングプランナーと最終打ち合わせをし、挙式と披露宴が行われる場所を見学した。

急な話だったため、招待客はわずか三百人だったが、二人は出費を惜しまなかった。予約した会場はルネッサンス建築のアーチ型の窓も、高く華麗な天井も、堂々とした柱も、磨きあげられた真鍮（しんちゅう）の手すりも見事のひと言だった。結婚式は重い木製の扉がある東屋（あずまや）であげる予定だった。夫婦の誓いを立てたあと、二人が金庫室を改装したワインセラーで写真を撮っている間に、招待客は大広間で、ボトルをまわしたりジャグリングしたりするバーテンダーからカクテルを供される。

披露宴が開かれる舞踏室は冬をテーマに飾りつけられていて、雪をかぶったような装飾がされた赤い薔薇が、クリスタルの細長い花瓶に入れられ、まわりを柊の枝に囲まれていた。タータンチェックのブランケットは招待客へのプレゼントとして椅子の背にかけられている。手書きのカリグラフィーの座席表は松ぼっくりに立てかけられ、きらめく雪の結晶が天井から吊るされていた。ランタンの中のキャンドルも、あとは火をともすだけだ。

「私が引き出物をチェックする間、これをお楽しみください。とてもすてきなアイデアですから」ウエディングプランナーがドアを出ていく前にスイッチを押すと、部屋が暗くなった。

すると天井に夜空が映し出され、緑色と紫色のオーロラが揺れはじめた。

ジャスパーは顔を上げていたので、ヴィエナからは表情が見えなかった。けれど感嘆の声は聞こえた。

「数週間でこれだけのものを準備したのかい？」

「完璧な披露宴にしたかったから」

「すてきだよ。君も」彼がヴィエナに手を伸ばした。

ヴィエナはジャスパーに寄り添い、しばらく天井を眺めてから口を開いた。「ジャスパー」

「なんだい？」彼がやさしい顔でこちらを見つめ、ヴィエナの頬を包みこんだ。「君は温かいな」

「愛しているわ」彼女は緊張しつつ告白した。

けれどジャスパーの目に警戒が浮かんだのを見て、愕然とした。

「あなたは愛していないのね」頭のどこかで声がした。どうして愛されると思ったの？

「ヴィー、君のことはとても大切に思っている」離れていくのを察知したかのように、ジャスパーがヴィエナを抱きよせようとした。

彼女はジャスパーがあきらめるまで彼を押しやった。過ちを犯したという思いが波のように押しよせ、全身が熱くなったり冷たくなったりを繰り返す。

「私ったらまたやってしまったのね」喉の奥から腹

の底まで火傷(やけど)を負った気分だった。「完璧に見せることに夢中になってた。本当は違うのに」

「完璧などというものは存在しない」ジャスパーの口調は硬かった。「だが、これはとてもいいものだ」

「私は二人が恋に落ちていると思ったの、ジャスパー。時間をかければ……」前回の結婚で私はどれくらい待った？　何年もだ。あれを繰り返したいなんて、ばかすぎてあきれる。「あなたは私を愛せる？　そうするつもりはある？」ああ、とても情けない。でも、私は知らなくてはいけない。どうしても。

「先のことはわからないよ。約束できるのは、いつも君に正直でいるくらいだ」

ヴィエナは耐えられなかった。「でも、あなたはずっと正直だったわけじゃなかった。私に……」待って。すべてを恋の芽生えと解釈していたのは私じゃなかった？　私は見たいものしか見ず、彼のやさしさや気づかいを勘違いしていた。過去にそういうものに触れた経験がなかったせいで！

もはやオーロラを見ても気分が悪くなるだけで、ヴィエナはドアに向かって駆け出した。

「ヴィー！」ジャスパーが背後で叫んだ。

彼女は会場の明かりをつけ、ロマンティックだった夜空を冷たい光でかき消した。

しばらくの間、二人はクリスタルと雪と火のついていないキャンドルを隔てて見つめ合った。

ジャスパーは顎に強く力をこめ、胸を大きく上下させていた。「君は二、三言で僕たちの関係が変わると思っているのか」

「変わるわ！」ヴィエナは叫んだ。「私は言ったけど、あなたは言わなかった。それがすべてよ」

「そんなことはない」彼がきっぱりと言った。「僕たちは結婚し、生まれてきた子供を育て、一緒に人生を歩んでいくんだから」

「なにをもとに？」彼女は手を振りあげた。「夫がなにも与えてくれないのに、私はまたすべてを捧げるの？」

「なにも与えていないわけじゃない、ヴィー」

「あなたにとってはそうなんでしょうね。でも愛している人に愛されていないと知りながら毎朝目覚めるなんて、そんなの、どちらにも愛がないより悪いわ！　私にはできない。したくもないわ」

なにを言っているの？　ヴィエナは口をふさいだ。すでに頭の中には、結婚式の中止と新たなスキャンダルという言葉が浮かんでいた。

吐き気とめまいに襲われ、壁に寄りかかる。

「ヴィー」ジャスパーの低い声が聞こえた。「感情的になるのはやめてくれ」

「本気で愛してない女と結婚したいの？　いい考えじゃないわ」つらそうな声で言う彼女は震え、全身に冷たい汗をかいていた。「吐きそう」

「不安なせいで君は逃げ出したくなっているんだ」

彼が椅子を引っぱってきた。「座って話し合おう」

「いいえ、私は――」文字どおり胃がきりきりと痛み、悪寒がひどくなった。ヴィエナは急いでさっき見かけた化粧室のほうへ走った。

ジャスパーはヴィエナのあとを追いかけはじめたものの、冷静になるために時間が必要だと判断した。

周囲を見まわした彼は悪態をつき、目をこすった。舞踏室はヴィエナが心を砕いた証拠でいっぱいだった。この結婚は彼女にとって途方もない意味があったのだ。ここにはまさしく愛があふれていた。

カナダに戻ってから見聞きしていた集大成を目にしている気分だった。ちょうど今朝、彼は大学時代の仲間の一人から言われたのだった。〝本当にすべてを手に入れたな。夢をかなえたんだ〟

そのとおりだった。専門分野で頂点に立ち、美しい婚約者と結婚式をあげる予定で、もうすぐ赤ん坊も生まれる。これ以上なにが必要だろう?

愛だ。ヴィーが求めていたもの。

しかしジャスパーはそれを与えることはおろか、ヴィエナの気持ちも受け入れられなかった。正直にそう口にしたら、彼女はショックを受けるだろうが、目の前のすべてに対して自分には資格がないと思っていたのだ。なぜなら――。

〝どういう妻が欲しい?〟ある日谷をハイキングしていたとき、サキが尋ねたことがあった。

〝注文すれば手に入ると思っているのか?〟ジャスパーはそっけなく返した。

〝携帯でね〟サキが指で操作する仕草をして、いたずらっぽく笑った。〝でも、いい相手にはめぐり合えなくて〟

ジャスパーはにやりとした。〝じゃあ、携帯でなにをさがしているんだ?〟

サキが唇を押さえて真剣に考えた。〝ものを考えられる人かな。きれいな人もいいけど、やさしくて犬が好きな人がいい。僕を笑わせてくれて、料理もできたほうがいいかな〟

ジャスパーはまたにやりとした。サキの料理の腕はからきしなのだ。

〝どうしてそんなに結婚したいんだ? 妻に縛られたいのか?〟

〝いや〟サキが笑った。〝でも、理想の女性には出会いたい〟丘の斜面を見渡す。〝今やってることはおもしろいけど、人生をかけるほどじゃない。僕は愛する女性のために生きたいんだ〟

友人とのその会話を思い出すたび、ジャスパーはどこかにいるサキと出会う運命だったかわいそうな女性のことを考えた。

「ヴィエナはどこ?」アメリアの声がして、ジャスパーは苦悩に満ちた過去から現在に戻った。

アメリアとハンターはヴィエナ側の付添人として、

バージンロードを歩く予定だった。花婿側の付添人はジャスパーの父トビアスと、二人のいとこが務める手はずになっていた。

はたして結婚式は執り行われるのか？　ジャスパーの胸はうずいた。「彼女なら化粧室に行った。ちょっと見てきてくれないか？」もしかしたら帰ってしまったんじゃないか？

ハンターがきいた。「問題はないのか？」

「実は言い争いになったんだ」眉間をつまんで、ジャスパーは認めた。

「なにが原因で？」

結婚前に不安になったと言いたかったが、事実ではなかった。答える前に誰かが来た。

「ハンター」

「レミー」ハンターが現れた男性の手を親しみをこめて握った。それからレミーのパートナーに挨拶し、彼女の頬に軽くキスをして残念そうな口調で言った。

「エデン、会えてうれしいよ。元気そうだね。おめでとう」コートのボタンをはずして見えた相手のおなかのふくらみに、彼はうなずいた。

ヴィエナはアメリアに尋ねたことがあった。ハンターに捨てられたエデンを、クインとともに付添人にしたけれど、どう思うかと。アメリアは、そろそろみんなときちんと会っておくべきだと答えた。

「会えてうれしいわ」エデンがハンターに言った。

「クイン、マイカ、ヴィエナの新郎にはもう会ったかな？」ハンターが新たに現れた夫婦に声をかけた。

ジャスパーは事情を話さずにすんでほっとした。みんなと握手をしながら、花嫁をさがした。

〝人生をかけるほどじゃない。僕は愛する女性のために生きたいんだ〟

喉がつまり、息が苦しくなった。

「ヴィエナとアメリアはどこだい？」レミーが部屋を見まわした。

「僕も気になっていたところだ」ジャスパーは硬い口調で言うと、ドアに向かった。

次の瞬間、青ざめたアメリアが駆けこんできた。

「救急車を呼んだわ、兄さん」妹の表情を見て、ジャスパーはぞっとした。「ヴィエナがおなかが痛くて歩けないと言ってるの」

「ヴィー！」ジャスパーが化粧室に飛びこみ、布張りのベンチでまるくなっているヴィエナの前にひざまずいた。

「熱があります」ホテル常駐の医師が彼女の額にあてた器具の数値を見て言い、どこかに連絡した。

ジャスパーがヴィエナの頬を包みこみ、流れる涙をぬぐおうとした。その顔は苦悶に満ちていて、彼女は耐えられずに目を閉じた。

「出血はありません。妊娠何週ですか？」

「十七週半です」ジャスパーが医師に答えた。「胎児の心拍は確認できますか？」

「聴診器ではできませんでした。時期が早すぎるので」医師が申し訳なさそうに言った。

ジャスパーが手を取ろうとするのを振り払い、ヴィエナはおなかのふくらみにあてた。きっと胎児の鼓動を感じるはずだ。それとも、それは単なる希望的観測にすぎないのかしら？

刺すような痛みは容赦なく、怒りや恐怖と相まってますます状況を悪くしていた。彼女は早く苦しみから解放されたかったけれど、人々はいつから痛みは始まったのか、なにを食べたのか、どんな薬をのんでいるのかどいったくだらない質問をしつづけた。

ジャスパーがヴィエナの髪をやさしく撫でた。「ヴィー、僕の首につかまれるかい？　ストレッチャーにのせるよ」

彼はできる限り慎重にヴィエナを抱きよせたが、彼女は痛みに唇を嚙みしめた。

ジャスパーと医師はヴィエナをブランケットでおおい、ストレッチャーを外に運び出した。彼は一緒に救急車に乗り、ヴィエナの手を握っていた。

「痛みがずっと続いているの」ヴィエナは濡れた目をしばたたいて何度も言った。「赤ちゃんも私がいやなんだわ」

「ヴィー」ジャスパーは人生でこれほど無力感を覚えたことはなかった。この事態を改善できるならなんでもするつもりだった。赤ん坊を失うと想像するとつらい。ヴィエナがどうなるのか考えると耐えられなかった。

先ほどはすべてを手に入れたことに罪悪感を抱いていた。どうしてあれほど愚かだったのだろう。人生がどれだけはかないかはよく知っていたが、それでも自分は幸運だと信じて疑わなかった。ヴィエナは僕を愛していると言った。しかし、僕はその言葉を聞きたくなかった。あまりに恵まれていて、そこまでの幸せを手に入れていいとは思えなかった。

人生をかけられる女性に出会ったくせに、僕はサキへの罪悪感からヴィエナを完全に受け入れられずにいた。罪悪感を盾にすれば、その奥にある悲しみに苦しまずにすんだ。

「ヴィー、聞いてくれ」ジャスパーはヴィエナの手を握る手から意識して力を抜いた。「僕は君を愛している。聞こえるか？　なにがあっても愛しているから、結婚したいんだ」

「そんなこと、言わなくていいわ」彼女が唇を震わせて言った。

「いや、言わなくてはならない。一時間前に言うべきだったが、あのときは君を必要としていることが不安だった。君を失ったらどうすればいいのかわからなかったんだ」ジャスパーはヴィエナの手の甲を頬に押しあてた。彼女が指で触れるまで、目から涙が流れていることに気づかなかった。「だが、あのときの僕は恐怖を知らなかった。こんな恐怖は。今は恐ろしくてたまらない。君を愛している。君は僕のすべてだ。なにがあってももう君は一人じゃない。僕がそばにいる。いいね？」

　ヴィエナがまばたきをし、声をつまらせた。「今、言うなんて、ず……ずるいわ」

「そうだな」彼はヴィエナの眉間を撫でた。「だが、赤ん坊が僕たちのもとへやってきて、二人を結びつけたことに感謝しないか？　三人で一緒にいることに」

　彼女はうなずいてジャスパーの手にしがみつき、病院に着いて緊急救命室へ運ばれるまでなにも言わなかった。

「胎児の心拍数が上がっています」医師が言った。

　二人はかりそめの希望を抱いて顔を見合わせた。

　医師が超音波検査を指示し、鎮痛剤を出すと伝える間、ヴィエナは涙を流しながらうなずいていた。

　数分後、彼女はサンティアゴと同じような画像診断室に運びこまれた。今回の検査技師は沈痛な面持ちをしていたが、すぐに胎児の心拍と動きを確認した。「陣痛はありますか？」

「なんの痛みかわからないんです。でも、ずっと続いていて」

　技師がヴィエナが痛むと訴える場所を押し、彼女はジャスパーの手の甲に爪を立てた。

「気をつけてくれ」ジャスパーが女性の技師に向かってうなった。

　技師がうなずいたとき、医師が現れた。「流産ではありません」画面を見て言った。「これは虫垂炎です。手術が必要ですね。すぐにでも」

　ジャスパーの心臓が喜びで高鳴ったが、次の瞬間、同じ速さでねじれた。「赤ん坊はどうなるんですか？」

「腹腔鏡手術を行います。妊娠への影響は低いですよ。これから準備を始めます」

ヴィエナがジャスパーを見た。彼は無力感をのみこみ、彼女の頬を包みこんで目をじっと見つめた。

「君を愛している。なにがあってもだ。僕はどこにも行かない」ジャスパーは誓った。

ジャスパーは、ヴィエナが手術室に運ばれるまで一緒にいることを許された。彼が待合室に入ると、アメリアとハンターがいた。

「虫垂炎だった」ジャスパーは髪に手をやった。「破裂はしていないのが救いだよ。手術は一時間で終わるそうだ」

「手術か」ハンターがうつろな声で繰り返した。その視線はジャスパーが現れたドアにそそがれている。妹をさがして自分の目で確かめたいのだろう。

「赤ちゃんはどうだったの？」アメリアがきいた。

「大丈夫だった」ジャスパーは膝が震えて座りこみ、亡き友人にチャンスをくれと無言で祈った。

今度はちゃんとやるから、サキ。約束する。

アメリアが兄の横に座り、無言で腕をからめた。そして反対側に座るようハンターを手招きした。

どうしてヴィエナは兄との仲を心配していたんだ？　ハンターも僕と同じく打ちひしがれている。もしアメリアが二人の間にいなかったら、僕たちは互いにしがみついていただろう。

ハンターが携帯電話を取り出し、メールに返信して言った。「レミーからだった」そのあと三人は無言のまま、ずっと座って身を寄せ合っていた。

ようやく看護師がやってきた。「患者さんは回復に向かっています。手術は無事終わり、赤ちゃんも健康です。もうすぐ会えますよ」それからジャスパーに向かって言った。「恐れ入りますが、面会は一人でお願いします」

「パパに電話するわ」アメリアがため息まじりに言った。ジャスパーが立ちあがると、彼女も立ちあがって兄を抱きしめた。「もう大丈夫よ」

ジャスパーもそうであるよう願った。

アメリアが電話をかけるために隅に移動したあと、ハンターがズボンのポケットに手を突っこんでジャスパーを見た。ジャスパーはヴィエナとの口論の原因を話していなかったのに気づいた。

「式を取りやめようか」ハンターが言った。

「いや」ジャスパーは反論した。「僕はヴィエナにばかなことを言ったが、愛していると伝えた。彼女も僕を愛してくれている。彼女を幸せにするために、僕以上に努力する男はいない。だから結婚する」

「そう聞いてうれしいよ」ハンターが沈痛な表情にかすかな笑みを浮かべた。「妹は何年も前にとんでもない選択をし、僕は妹をとめられなかった自分をずっと許せなかった。結婚するなら妹のすばらしさをわかってくれる人がいいと思っていたが、君なら結婚相手にふさわしい。君と妹が結婚すれば妻も喜ぶし、僕も望みがかなう。だが、ヴィエナの体調が明日の式に間に合うとは思えない」

ジャスパーは悪態をついて目を閉じた。

「ホテルと招待客への連絡は僕に任せてくれ」ハンターがにっこりした。「経験から言うと、招待客には出す予定だった料理と飲み物をふるまったほうがいい。そうすればなにもかもうまくいく」

「ありがとう。料理と飲み物を楽しんできてくれ」ジャスパーは残念そうに言った。「招待客の反応を知りたいから、写真を頼むよ」

看護師がジャスパーを迎えに来たとき、アメリアが父親への電話を終えた。「パパは明日、予定どおりに来るわ。私たちみんなに会って、ヴィエナの無事を確かめたいんですって」

ジャスパーはうなずいた。

「君をここで待っていて、ホテルまで送ろうか？」ハンターが尋ねた。

「いや、病院が許してくれる限り、ヴィエナと一緒にいるよ」

「僕が愛していると言っていたと、妹に伝えてほしい」ハンターが言った。

「ああ」ジャスパーはヴィエナのもとへ急いだ。

それからの二日間、ヴィエナがいつ目を覚ましてもジャスパーがそばにいた。そして赤ん坊は順調に回復していること、彼女を愛していることを伝えた。

「結婚式と披露宴は？」体調が少し戻ったとき、ヴィエナは悲しげにきいた。

「食事会に切り替えて大好評だったそうだ」

「アメリアは参加したの？彼女がエデンやクインと会って気まずい思いをしなかったか、すごく心配だったの」

「妹なら二人とおしゃべりしたと言ってたよ。すてきな人たちだったと」

「ああ、よかった。あなたは参加したの？」

ジャスパーのしかめっ面はそんな質問をしたヴィエナを叱るようだった。彼がヴィエナのてのひらにキスをする。「僕と結婚してくれるよな？」

彼女は不安になった。「私、二人の関係をもっと確かなものにしたくて焦ってたのね」憧れていた壮麗な結婚式にしたのも、自分の過去の対処法でなんとかしたかったからかもしれない。

「それは違う」彼がベッドに腰を下ろし、ヴィエナの手を自分の腿に押しあてた。「僕はとてもうれしかったよ、ヴィー。だがサキが同じものを手にすることは決してないのに、君の愛を受け取るのはむずかしかった。彼なら〝彼女を愛してやれ〟と言うはずだ。人生をともにしたい相手に出会うのがどれほど稀（まれ）で特別なのか知っていたから、僕と君の時間を一分でも無駄にしたら、サキは怒るに違いない。父もだと思う。愛とは恐ろしいもので、失えば痛みに変わる。僕はサキの死に対する罪悪感と怒りを、悲しみをやわらげるために利用していた。痛みと向き合わず、君との関係に持ちこんでいたんだ。そんなことは二度としない」

「彼のことが大好きなのね」ヴィエナはてのひらを返し、ジャスパーの手を握りしめた。

「ああ」彼が目を閉じた。「だが、僕はサキがいなくなった事実を受け入れなければ。オーリン・コールフィールドが刑務所に入っても、彼は戻ってこない。オーリンが捕まって裁判にかけられることは重要だが、それは警察に任せればいい。僕のすることではないし、人生をかけることでもない。君と赤ん坊が無事で本当によかった。もしなにかあったら、僕はどうなっていたかわからない」

ジャスパーの赤裸々な告白に感動して、ヴィエナはとっさに言葉を口にできなかった。

「あなたがなにも与えられないと言ったとき、私は昔の悪い癖に頼ってしまったの」後悔をこめて告げた。「あなたは私にすべてを与えてくれた。あなたとの人生こそ、ずっと望んでいたものなの。あなたと結婚できてすごくうれしいわ、ジャスパー」

二人は退院から数日後のクリスマスイブの午前中に結婚した。ヴィエナはまだゆっくりとしか動けなかったけれど、体はかなり回復していたのでウエディングドレスを着た。アイボリーのシルクの上品なドレスはホルターネックがX字を描いていて、サッシュはサテンだった。ホテルでこぢんまりと式をあげると思っていたからティアラやベール、ブーケは省いた。

しかし小さなラウンジには、数日前の結婚式のミニチュア版が再現されていた。ウエディングアーチは、赤々と燃える大理石の暖炉の前に作られていた。

何人もの人々に笑顔で迎えられ、ヴィエナは息をのんだ。

「僕のいとこたちは帰ってしまったが、彼らは喜んで出席してくれたんだ」ジャスパーが言った。

部屋にはエデンとレミー、トビアスとオーラ、クインとマイカがいた。ハンターはシルクとチュールを重ねたドレス姿のペイトンを抱いている。アメリアはシルクの花がかわいいヘアバンドを娘の頭につけたが、ペイトンはそれをすぐにむしり取ってしまった。

赤ん坊がヴィエナを見てにっこりした。みんなも同じ表情をしている。

「信じられない！」ヴィエナは姪の足の裏をくすぐりながら、ジャスパーに言った。

「私たち、出席したかったの」エデンが言った。

「そうだ。この前は驚いたよ」レミーが花嫁をやさしく抱きしめた。

「あなたは私たちの結婚式のために、わざわざドイツまで来てくれたもの」クインが言った。

「それなら君の結婚式に出席しないわけにはいかない」マイカが続いた。

「そろそろ始めましょうか」司式者が促した。

すると女性たちはアーチの左側に、男性たちは右側に並んだ。ペイトンを抱いたオーラが、ヴィエナとハンターを先導するために、バージンロード代わりの短いカーペットの上を歩き出した。

「ジャスパーは心からおまえを愛している。みんなもだ。僕も」妹の横でハンターが落ち着いた誠実な口調で言った。

「わかってる」ヴィエナは兄の腕を握りしめた。「でもありがとう。うれしい。私も愛しているわ」

カーペットを歩く間、胸は高鳴っていた。彼女はハープのやわらかな音色から花婿の瞳の輝きまでのすべてを記憶に焼きつけた。

モーニングコート姿のジャスパーはとてもすてきだった。たどり着いた花嫁の両手を握る彼の目には、ヴィエナと同じ喜びの涙が光っていた。

二人は力強く自信に満ちた声で誓いの言葉を述べ、ほほえみながらキスをした。ジャスパーはいつまでも唇を重ねながら、彼女の頬に流れる涙をやさしくぬぐった。

「こんなに誰かを好きになれるとは想像もしていなかった。僕のすべてをかけて愛しているよ」

ヴィエナもまた、これほどの愛を感じることができるとは知らなかった。愛をどれだけそそいでも、ジャスパーなら必ず受けとめてくれると信じていた。

「私も愛しているわ」人生でこれほど心から愛され、愛に包まれていると感じたことはなかった。

エピローグ

約一年後

「おまえが寝てくれたら、世界はもっといい場所になるんだぞ」ジャスパーはフィンことフィンリー・トビアス・サキ・リンドールに言った。

泣きすぎて疲れたのか、赤ん坊が四本の小さな前歯が見えるほど大きなあくびをした。だがこぶしで目をこすると、また泣き出した。

その日、赤ん坊は昼寝を階下の作業員にじゃまされていた。息子は父親に似て、欲しいものは絶対に手に入れる性格だった。そして今日はのんびり眠りたい気分ではないらしい。

少し前に半分眠りながら食事をとったため、フィンは空腹ではなかった。ジャスパーが息子を子供部屋に連れてきたのは、すぐに寝てくれると思ったからだった。

ジャスパーは不機嫌そうな息子の背中をさすりながら、緑のストライプの間に黄色いアヒルが描かれた部屋を歩きまわった。これが父親の特権なのはわかっていた。

「男同士で約束したじゃないか。二人でもっといい睡眠習慣を身につけよう。おまえが眠るなら僕も眠るよ」

彼が不眠症なのは、生まれたばかりの子供と昼も夜も一緒にいるからだった。それでも、このごろは前より長く眠れていた。そのきっかけは、オーリン・コールフィールドが食料の調達のためにイースター島に現れたことだった。彼は逮捕され、現在はチリの警察に拘留されている。

「なにを迷ってるんだい？」ジャスパーは息子に尋ねた。「ママが働いていることに怒ってるのかい？ママには個展の準備があるんだ。その中にはおまえの絵が何枚もあるんだよ」

フィンがようやくおしゃぶりを受け取り、静かになった。そして目を閉じ、小さな体から力を抜いて眠りについた。

ジャスパーは慎重に息子をベビーベッドに寝かせ、妻に似た部分をじっくりと眺めた。うっすらとした眉と耳の形、細い髪の色がそっくりだ。

ドアのほうを向いた彼は、ヴィエナがそこからこちらを見ているのに気づいた。その顔は感謝したくなるほど愛にあふれていた。

指を唇にあててから、ジャスパーは彼女と一緒に部屋を出た。ベビーモニターを持ちながらそっとドアを閉める。「上がってこなくてもよかったのに。あの子は寝かしつけたよ」

「作業員は帰ったから、今度はゆっくりお昼寝してくれるといいんだけど」ヴィエナがベビーモニターの画面を見てほほえんだ。

元気の塊のようなフィンには注意が必要だった。眠っている間は天使だが、起きているときは急に叫んだり体を揺らしたりねじったりと、次の行動の予測がつかない。すでにはいはいを始めており、最近は泳ぐのがお気に入りなので、二人はプールのまわりに樹脂製ガラスの柵を取りつけてもらったのだった。

ハンターとアメリアは、トビアスとオーラを連れてクリスマスに訪ねてくる。彼らは金曜日に到着し、しばらく滞在する予定だ。マイカとクインがカリブ海でレミーとエデンと落ち合ったら、全員でサンティアゴへ行き、新年を祝うつもりだった。ジャスパーとヴィエナは友人や家族と楽しくにぎやかに過ごすのを楽しみにしていた。

「仕事に戻るのかい?」ジャスパーは妻にきいた。

「いいえ、また騒がしくなる前に静かな家を利用しようと思って」彼女は腕を夫の腰にまわし、いつものように曲線が美しい体を押しつけて彼の情熱をかきたてた。

「いい考えだ」ジャスパーはヴィエナの髪に手を伸ばして、ポニーテールからシュシュをはずした。

「私をこういう気持ちにさせてくれるあなたが好きよ」彼女が夫の手を取り、寝室へ導いた。

「こういうとは?」ジャスパーの心はすでに妻との官能的なひとときへと飛んでいた。

「愛し合いたくなる気持ちに」彼女が答えた。

ジャスパーは胸を高鳴らせながら、ヴィエナをベッドに横たえた。そうすることに飽きる日は永遠にこないと確信していた。

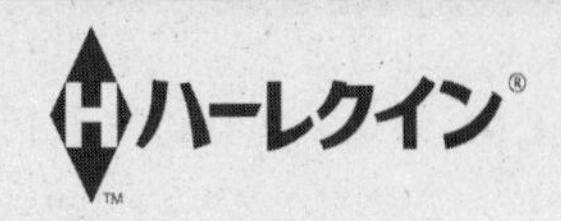

独りぼっちで授かった奇跡
2024年5月5日発行

著　者	ダニー・コリンズ
訳　者	久保奈緒実（くぼ　なおみ）
発行人	鈴木幸辰
発行所	株式会社ハーパーコリンズ・ジャパン 東京都千代田区大手町 1-5-1 電話 04-2951-2000（注文） 0570-008091（読者ｻｰﾋﾞｽ係）
印刷・製本	大日本印刷株式会社 東京都新宿区市谷加賀町 1-1-1

造本には十分注意しておりますが、乱丁（ページ順序の間違い）・落丁（本文の一部抜け落ち）がありました場合は、お取り替えいたします。ご面倒ですが、購入された書店名を明記の上、小社読者サービス係宛ご送付ください。送料小社負担にてお取り替えいたします。ただし、古書店で購入されたものについてはお取り替えできません。®とTMがついているものは Harlequin Enterprises ULC の登録商標です。

この書籍の本文は環境対応型の植物油インクを使用して印刷しています。

ISBN978-4-596-53993-9 C0297

ハーレクイン・シリーズ 5月5日刊 発売中

ハーレクイン・ロマンス

愛の激しさを知る

独りぼっちで授かった奇跡	ダニー・コリンズ／久保奈緒実 訳	R-3869
億万長者は天使にひれ伏す 《純潔のシンデレラ》	リン・グレアム／八坂よしみ 訳	R-3870
霧氷 《伝説の名作選》	ベティ・ニールズ／大沢　晶 訳	R-3871
ギリシアに囚われた花嫁 《伝説の名作選》	ナタリー・リバース／加藤由紀 訳	R-3872

ハーレクイン・イマージュ

ピュアな思いに満たされる

生まれくる天使のために	タラ・T・クイン／小長光弘美 訳	I-2801
けなげな恋心 《至福の名作選》	サラ・モーガン／森　香夏子 訳	I-2802

ハーレクイン・マスターピース

世界に愛された作家たち
～永久不滅の銘作コレクション～

情熱は罪 《特選ペニー・ジョーダン》	ペニー・ジョーダン／霜月　桂 訳	MP-93

ハーレクイン・ヒストリカル・スペシャル

華やかなりし時代へ誘う

路地裏をさまよった伯爵夫人	アニー・バロウズ／琴葉かいら 訳	PHS-326
ふたりのアンと秘密の恋	シルヴィア・アンドルー／深山ちひろ 訳	PHS-327

ハーレクイン・プレゼンツ作家シリーズ別冊

魅惑のテーマが光る
極上セレクション

秘密の妻	リン・グレアム／有光美穂子 訳	PB-384

※予告なく発売日・刊行タイトルが変更になる場合がございます。ご了承ください。

5月15日発売 ハーレクイン・シリーズ 5月20日刊

ハーレクイン・ロマンス
愛の激しさを知る

幼子は秘密の世継ぎ	シャロン・ケンドリック／飯塚あい 訳	R-3873
王子が選んだ十年後の花嫁《純潔のシンデレラ》	ジャッキー・アシェンデン／柚野木　菫 訳	R-3874
十万ドルの純潔《伝説の名作選》	ジェニー・ルーカス／中野　恵 訳	R-3875
スペインから来た悪魔《伝説の名作選》	シャンテル:ショー／山本翔子 訳	R-3876

ハーレクイン・イマージュ
ピュアな思いに満たされる

忘れ形見の名に愛をこめて	ブレンダ・ジャクソン／清水由貴子 訳	I-2803
神様からの処方箋《至福の名作選》	キャロル・マリネッリ／大田朋子 訳	I-2804

ハーレクイン・マスターピース
世界に愛された作家たち
〜永久不滅の銘作コレクション〜

ひそやかな賭《ベティ・ニールズ・コレクション》	ベティ・ニールズ／桃里留加 訳	MP-94

ハーレクイン・プレゼンツ作家シリーズ別冊
魅惑のテーマが光る
極上セレクション

大富豪と淑女	ダイアナ・パーマー／松村和紀子 訳	PB-385

ハーレクイン・スペシャル・アンソロジー
小さな愛のドラマを花束にして…

シンデレラの小さな恋《スター作家傑作選》	ベティ・ニールズ 他／大島ともこ 他 訳	HPA-58

文庫サイズ作品のご案内

◆ハーレクイン文庫・・・・・・・・・・・・・毎月1日刊行
◆ハーレクインSP文庫・・・・・・・・・・・毎月15日刊行
◆mirabooks・・・・・・・・・・・・・・・・・毎月15日刊行

※文庫コーナーでお求めください。